플러쉬

플러쉬

어느 저명한 개의 전기

버지니아 울프

지은현 옮김

꾸리에

일러두기

1. 이 책은 버지니아 울프의 『Flush—A Biography』(1933)를 완역한 것이다. 원서의 주는 책 말미에 실었다. 한국어판 독자들의 이해를 돕기 위해 넣은 옮긴이 주*는 본문 하단에 실었다. 본문 중간의 ( )와 진한 글씨는 원서 그대로 따른 것이고, [ ]는 역자 첨언 또는 부연 설명이다.

2. 외래어 표기는 일차적으로 국립국어원 표기법을 따랐지만 현재 더 널리 통용되는 표기는 예외적으로 그대로 사용했다.

차 례

1부

쓰리마일크로스

이 회고록의 대상이 아주 유서 깊은 가문의 후손 중 하나라
는 주장은 누구나 인정하는 바다. 그러므로 이름 자체의 기
원이 정확하게 알려지지 않았다는 것은 이상한 일이 아니다.
수백만 년 전, 현재 스페인이라고 불리는 고장은 창조의 소용
돌이 속에서 불안하게 요동쳤다. 세월이 흘러 초목이 생겼다.
자연의 법칙은 초목이 있는 곳에 토끼가 있으라 정했다. 토끼
가 있는 곳에 섭리攝理는 개가 있으라 명했다. 여기에는 어떤
의문이나 논쟁이 필요하지 않다. 그러나 우리가 토끼를 잡는
개가 왜 스패니얼이라고 불리는지 물어보면 의심과 곤혹스
러움이 시작된다. 일부 역사학자들은 카르타고인들이 스페인
에 상륙했을 때 온갖 덤불과 수풀에서 쏜살같이 달리는 토끼
를 보고 병사들이 "스팬! 스팬!"이라고 한목소리로 외쳤다고
말한다. 그 땅은 토끼들로 우글거렸었다. 그리고 카르타고인
들의 언어에서 스팬span은 토끼를 의미한다. 그래서 그 땅은
히스패니아Hispania, 혹은 토끼들의 땅Rabbit-land으로 불렸고,
거의 즉각적으로 감지해서 전속력으로 토끼를 쫓는 개들은
스패니얼Spaniel 또는 토끼사냥개라고 불렸다.

　　우리 중 많은 사람들이 이것을 문제 삼지 말자고 할 것
이다. 그러나 진실은 우리로 하여금 다르게 생각하는 또 다

른 학설을 덧붙이라고 한다. 히스패니아Hispania라는 말은, 이 학자들이 말하기를, 카르타고인들의 말인 스팬과 아무 상관이 없다는 것이다. 히스패니아는 가장자리 또는 경계를 뜻하는 바스크어 에스빠냐españa에서 파생되었다. 만약 그렇다면 우리는 마음속에서 토끼, 덤불, 개, 군인과 같은 낭만적이고 즐거운 그림 전체를 떨쳐버려야 한다. 그리고 우리는 스페인이 에스빠냐España라고 불리기 때문에 스패니얼이 스패니얼이라 불린다는 단순한 추측만 해야 한다. 제3의 고고학파는 연인이 자신의 애인을 도깨비나 원숭이라고 부르는 것과 마찬가지로 스페인 사람들도 자기들이 좋아하는 개를 삐딱이 혹은 우락부락이라고 불렀다고 한다.(에스빠냐española라는 단어는 이러한 의미를 취할 수 있다.) 스패니얼은 사실 그 반대로도 잘 알려졌기 때문이라는 이유인데, 그러나 이는 진지하게 품기에는 너무 기상천외한 억측이다.

    이러한 여러 설들과 여기서 우리가 논할 필요가 없는 더 많은 것들을 건너뛰면서 우리는 10세기 중반의 웨일스에 다다른다. 어떤 이들은 여러 세기 전에 에보르Ebhor 또는 아이보르Ivor라는 스페인 씨족이 스패니얼을 이미 거기에 데려왔다고 말한다. 그리고 10세기 중반쯤에는 확실히 높은 평판과

가치를 지닌 개가 되었다. "왕의 스패니얼은 1파운드의 가치
가 있다"고 허웰 다*는 그의 책 『법전』에 기재했다. 서기 948
년에 1파운드로 얼마나 많은 부인들과 노예들, 말들, 황소들,
칠면조들과 거위들을 살 수 있었는지를 상기한다면, 스패니
얼이 이미 가치와 명성이 높은 개였다는 것은 분명하다. 그
는 벌써 왕의 옆자리를 꿰차고 있었다. 그의 품종은 여러 유
명한 군주들보다도 앞서 존경받고 있었다. 플랜태저넷가와
튜더가 및 스튜어트가가 진창 사이를 뚫고 나가는 사람들
을 쫓아갈 때 그는 궁궐에서 편하게 지냈다. 하워드Howard나
캐번디시Cavendish, 또는 러셀Russell과 같은 가문들이 스미스
Smiths, 존스Joneses, 톰킨스Tomkins와 같은 다수의 평민을 넘어
서기 훨씬 전부터 스패니얼은 저명했던 별도의 품종이었다.
그리고 수 세기가 흐르면서 모체母體의 혈통에서 더 작은 분
파들이 갈라져 나왔다. 점차 영국 역사의 추이에 따라 클럼
버, 서식스, 노퍽, 블랙필드, 코커, 아이리쉬워터 및 잉글리쉬
워터 등 적어도 일곱 가지의 유명한 스패니얼 품종이 생겨

*Howel Dda 혹은 Hywel ap Cadell(880~950). 영어명 Hywel the Good('어진 임금
허웰'이라는 뜻). 웨일스의 대부분을 지배한 데헤이바쓰(920~1292)의 왕. 웨일
스의 여러 지역에 퍼져 있는 법의 역할을 하는 관습이나 풍습을 집대성해 최초
의 성문법을 제정하였다. 이 『법전』에는 신분에 대한 엄격한 구분을 해놓았다.

났다. 이들은 모두 선사 시절의 순종 스패니얼에서 파생되었
지만 뚜렷이 다른 특징을 보여주므로, 따라서 별개의 특권을
주장한다는 것은 의심의 여지가 없다. 필립 시드니 경*은 엘
리자베스 여왕이 왕위에 올랐을 때 개들 사이에도 귀족계급
이 있었다고 증언한다. "…… 그레이하운드와 스패니얼, 그리
고 하운드. 이 중에서 첫 번째는 경卿, 두 번째는 시종侍從, 그
리고 마지막은 개들의 가신家臣으로 볼 수 있다"고 그는 『아
르카디아』에서 썼다.

   그러나 스패니얼이 인간의 예에 따라 그레이하운드를 자
신의 상관으로 우러러보고 하운드를 자신보다 밑이라고 여
긴다고 가정하면, 우리는 그들의 귀족계급이 우리들의 것보
다 더 타당한 이유에 기반하고 있다는 것을 인정해야 한다.
적어도 스패니얼협회의 법을 연구하는 사람이라면 누구라도
그러한 결론을 내릴 수밖에 없다. 몸체가 얼마나 위엄 있는지
에 따라 스패니얼의 악덕을 구성하는 것과 미덕을 구성하는
것이 분명하게 규정된다. 예를 들어, 옅은 색깔의 눈은 바람

---

*Philip Sidney(1554~1586). 영국 군인이자 정치가, 시인 겸 평론가. 엘리자베
스 여왕의 총신寵臣이었다. 『아르카디아』(1590)는 누이동생을 위하여 쓴 목
가적인 산문이다.

직하지 않다. 둥그렇게 말린 귀는 더욱 나쁘다. 코 색깔이 흐리거나 머리에 텁수룩하게 장식털을 가지고 태어나면 그야말로 치명적이다. 스패니얼의 장점 역시 똑같이 명확하게 정의된다. 두상은 매끄러워야 하며, 주둥이에서 너무 구부정하지 않게 솟아올라야 한다. 두개골은 비교적 둥글고, 잘 발달되어 지적 능력을 품을 수 있도록 충분히 큼지막해야 한다. 두 눈은 크고 둥글되 흐리멍덩해서는 안 된다. 전체적인 인상은 총명함과 상냥함이 겸비된 모습이라야 한다. 이러한 요소들을 드러내는 스패니얼은 권장되고 번식되지만, 머리에 터부룩한 장식털과 옅은 코 색깔이 영구적으로 지속되는 스패니얼은 그들 품종의 특권과 혜택에서 제외된다. 따라서 심사관들은 그러한 법을 확실히 준수하도록 하는 벌칙과 특권을 부과해야 한다고 강력하게 주장해왔고, 지금도 주장하고 있다.

그러나 이제 우리가 인간 사회로 눈길을 돌리면, 얼마나 큰 혼란과 혼동을 접하게 되는지! 어떤 협회도 사람의 번식에 대한 그러한 관할권을 가지고 있지 않다. 스패니얼협회와 가장 근접한 것이 문장원紋章院*이다. 그곳에서는 적어도 인

---

*Heralds College. 계보를 확인하고 가문 · 도시 등의 상징인 문장을 받을 자격이 있는 사람에게 문장을 수여했던 곳.

간 가문의 순수성을 보존하려는 시도를 한다. 그러나 우리가 귀족가문 출신을 구성하는 것이 무엇인지, 즉 우리의 눈동자 색깔이 옅어야 되는지 진해야 되는지, 귀가 둥그렇게 말려야 하는지 똑바로 서 있어야 하는지, 머리털이 텁수룩한 것이 과연 치명적인지를 물었을 때, 심사관은 우리에게 단지 문장紋章만 언급한다. 당신은 아마 하나도 가지고 있지 않을 것이다. 그러면 당신은 아무것도 아니다. 그러나 일단 열여섯 개의 4등분 문장紋章*에 대해 주장을 잘하고 귀족의 보관寶冠에 대한 권리를 입증한다면, 당신은 심사관들이 일컫는 태생일 뿐만 아니라 덤으로 귀족 출신이 되는 것이다. 이런 까닭에 메이페어**에 있는 온갖 머핀용 양념통들에 사자가 머리를 들고 웅크린 자세로 있거나 인어가 팔딱이는 모양의 문장들이 넘쳐나는 것이다. 심지어 리넨[옥양목] 상인들조차도 그들의 시트가 잠자기에 안전하다는 증거라도 되는 양 문

---

*4등분 문장이라는 것은 대대로 내려오는 조상의 귀족 신분을 따져 수여되는 작위爵位로 개인이 그 작위를 사용했든 안 했든 상관없다. 예를 들어, 16개의 4등분 문장은 조상 4대가 귀족이었음을 말하는 것이다.(즉, 부모, 조부모, 증조부모, 고조부모). 한 세대에서 양쪽 부모 4대가 쭉 귀족이었다면, 2의 4제곱(2*2*2*2=16)이 된다.

**Mayfair. 런던의 하이드파크 동쪽의 고급 주택지.

위에 왕실문장을 걸어놓는다. 모든 곳에서 서열이 요청되고
그 덕목이 주장된다. 그렇지만 부르봉[프랑스 왕가]이나 합스
부르크[오스트리아 왕가], 호엔촐레른[독일 왕가] 왕가에 대해
살펴보게 되면, 얼마나 많은 보관들과 4등분 문장들로 장식
된 것들이, 얼마나 많은 사자들이 머리를 들고 웅크린 자세
로 있거나 표범들이 뒷발로 일어서 있는 문장들이, 이제 존
경받을 만한 가치가 없다고 판단되어 권좌에서 폐위되고 추
방되었는지를 알게 된다. 이럴 때 우리는 고개를 가로저으면
서 스패니얼협회 심사관들의 심사가 더 낫다고 인정할 수밖
에 없는 것이다. 이러한 사실을 교훈 삼아, 그러한 고차원의
문제에서 벗어나 미트포드 가족과 살던 플러쉬의 유년기로
곧장 눈길을 돌려보자.

  18세기 말쯤에 유명한 스패니얼 혈통의 가문이 레딩*
근처의 미드포드Midford 혹은 미트포드Mitford 의사 선생님
네 집에 살고 있었다. 그 신사는 문장원의 규범에 맞춰 자신
의 이름 철자에 t를 넣기로 선택했으며, 따라서 노섬벌랜드**

---

*Reading. 버크셔에 있는 도시. 레딩사원은 특히 중세시대에 왕실과의 유대
감이 강했다.
**Northumberland. 잉글랜드 북동부의 주.

에 있는 버트램 성의 미트포드 가문 후손이라고 주장했다. 그의 아내는 러셀 부인*이었고, 먼 친척이긴 했지만, 베드퍼드에 있는 공작 집안 사람인 것은 확실했다. 그러나 미트포드 의사의 조상들은, 심사석에서 그들이 혈통을 잘 지켜왔다는 주장을 받아들이거나 종족들을 영속시키도록 절대 허락할 리 없는, 심사석의 원칙들을 타당한 이유 없이 고의로 무시한 채 계속 짝짓기를 이어왔다. 그의 눈동자는 옅은 색깔이었고, 귀는 둥그렇게 말렸으며, 머리에선 치명적인 텁수룩한 장식털이 보였다. 바꿔 말해서, 그는 완전히 이기적이고, 대책 없이 사치스럽고, 세속적이며, 성실하지 않은 데다 도박에 빠져 있었다. 그는 자신의 재산과 아내의 재산, 딸의 수입도 탕진했다. 그는 유복할 때는 그들을 저버렸고 병약할 때는 그들에게 빌붙었다. 그에게 실로 유리한 두 가지 면은, 용모가 대단히 빼어났다는 것—폭식과 무절제가 아폴로를 바커스로 바꿀 때까지는 그는 아폴로와 같았다—과 개들을 진심으로 아꼈다는 것이다. 그러나 현존하는 스패니얼협회에 상응하는 인간협회가 있었다면, d 대신에 t가 들어간 미트포드라는 철자는 없었을 것이며, 버트램 성의 미트포드 가

*Mary Russell을 말한다. 집안의 상속녀였다.

문과의 혈연관계를 주장할 어떤 것도 없었을 테고, 배척과 법
익의 박탈로 인한 모든 불이익으로부터, 자신의 혈통을 계속
이어가기에 적합하지 않은 잡종 인간으로 낙인찍히는 것으
로부터, 모욕과 멸시로부터 그를 보호해줄 수 있는 것은 없
었을 것이라는 데 의심의 여지가 없다. 그러나 그는 인간 존
재였다. 따라서 그가 좋은 가문의 아가씨와 결혼을 하고, 80
년 이상을 살며, 계속 번식시켜 여러 세대에 걸친 그레이하
운드와 스패니얼을 소유하고, 아버지가 딸을 두는 것을 막
을 수 있는 것은 아무것도 없었다.

　　모든 연구들이 플러쉬가 태어난 달이나 날짜는 물론 정
확한 연도를 확정짓는 데도 실패했다. 하지만 아마도 1842
년 초쯤에 태어났을 가능성이 크다.* 어쩌면 트레이(1816년
경)**의 직계 자손일 수도 있다. 불행히도 신뢰할 수 없는 시
라는 표현 수단 속에서만 보존되어 있지만, 그의 특질들을
보면 그가 레드 코커스패니얼의 장점을 가지고 있다는 것을

---

*플러쉬의 아버지 이름도 플러쉬였다. 아버지 플러쉬는 1847년 12월 1일에 죽었다.
**Tray. 스코틀랜드 출신의 시인 토머스 캠벨Thomas Campbell(1777~1844)이 쓴
시 '하프 연주자'에 나오는 '가련한 개'의 이름이다. 또한, 로버트 브라우닝이
어렸을 때 집에서 키우던 개의 이름이기도 한데, 그는 1879년 출간된 시집 『눈
부신 전원』에서 '트레이'라는 제목의 시를 통해 동물 생체해부에 반대했다.

입증한다. "들판에서 드러나는 그의 탁월함 때문에" 미트포
드 의사가 20기니*를 거절했던 것으로 보아, 플러쉬가 "진짜
유서 깊은 코커스패니얼"의 자손이라고 생각할만한 이유는
충분하다. 그러나 우리가 어린 개로서 플러쉬에 대한 가장
상세한 묘사를 신뢰해야만 하는 것은, 아아 슬프게도, 시이
다. 그는 햇빛에서 "온 데가 금빛으로" 번쩍이는 특유의 암갈
색 색조를 가지고 있었다. 그의 눈망울은 "깜짝 놀란 것 같
은 커다란 온아한 담갈색"이었으며, 귀에는 "술이 달려" 있었
다. 그의 "날씬한 발"은 "털송이들로 우거져" 있었고 꼬리는
두툼했다. 여기서 우리는 운율의 요건과 시어법의 부정확성
을 감안해야 하지만, 스패니얼협회의 승인을 얻지 못할 요소
는 아무것도 없다. 우리는 플러쉬가 코커 품종이 지닌 모든
우수한 특성들을 다양하게 특징짓는다는 점에서 순종 레드
코커라는 것을 의심할 수 없다.

　그의 삶의 첫 몇 달은 쓰리마일크로스에서 지냈다. 레딩
근처에 있는 일꾼의 오두막집이었다. 미트포드 가족이 불운
에 빠진 이래—케렌하포크가 유일한 하인이었다—미트포드
아가씨**는 가장 싼 재료로 직접 의자 덮개를 만들어야 했

---

*guinea. 영국의 구 금화. 지금도 말을 매매하는 경우 이 단위를 쓰기도 한다.

다. 가구 중에서 제일 소중한 물품은 커다란 탁자인 것 같
았고, 제일 소중한 방은 커다란 온실인 것 같았다. 플러쉬는
자기와 같은 계급의 개에게 주어지는 호사스러운 물품이나
방수가 되는 개집, 우정을 굳히는 산책, 하녀나 아이가 애착
을 갖는 것과 같은 어떤 환경에도 둘러싸여 있었던 것으로
보이지 않는다. 그러나 그는 잘 자랐으며, 자기가 가진 모든
활달한 기질의 대부분과, 어린 시절과 성별에 어울리는 어느
정도의 자유도 누렸다. 미트포드 아가씨는, 정말로, 대부분
오두막에 틀어박혀 지냈다. 그녀는 아버지에게 몇 시간이고
소리 내어 읽어줘야 했고, 그런 다음 크리비지게임[카드게임
의 일종]을 하고 놀았으며, 그런 뒤 마침내 그가 졸았을 때 생
활비에 쓰고 빚도 청산하려고 온실에 있는 탁자에서 쓰고
쓰고 또 썼다. 그러나 마침내 그토록 갈망하던 순간이 왔
다. 그녀는 종이들을 옆으로 밀치고 머리에 재빨리 모자를
쓰고는 우산을 들고 개들과 함께 들판으로 산책하러 나갔

**Mary Russell Mitford(1787~1855). 작가 겸 극작가. 앞서 나온 대로 아버지인
George Mitford, 혹은 Midford는 의사 면허증을 받았지만 일은 전혀 하지 않았
기 때문에 가족들은 늘 가난에 시달렸다. 그녀는 『우리 마을』 시리즈 전 5권
(1824~1832)을 통해 자신이 살았던 레딩 근처의 쓰리마일크로스의 삶에 기반
을 둔 생생한 캐릭터를 선보였다. 가세가 기울어진 후에는 부모가 사망할 때
까지 작품을 써서 부모를 봉양했다.

다. 스패니얼은 본성상 교감을 잘한다. 그의 내력이 입증하듯 플러쉬는 인간의 감정에 과도하리만치 공감했다. 그의 사랑하는 여주인이 드디어 신선한 공기를 마시고, 은발이 찰랑거리고, 얼굴에 자연스러운 생기가 돌면서 발그레해지고, 널따란 이마에 있는 주름들이 절로 부드럽게 펴지는 광경은, 그로 하여금 그녀의 기쁨에 대한 공감과 더불어 그의 야생성이 더해진 흥분감에 뛰어놀도록 했다. 그녀가 높게 자란 풀밭을 활보하면 그도 그 녹색의 휘장을 갈라놓으면서 이리저리 뛰어다녔다. 차가운 이슬이나 빗방울은 그의 코 주변에 영롱한 무지갯빛 물보라를 일으켰다. 여기는 딱딱하고, 여기는 부드럽고, 여기는 뜨겁고, 여기는 추운 대지는 그의 보드랍고 푹신한 발바닥을 찌르고 괴롭히고 간지럽혔다. 그때 너무나도 미묘하게 조합되어 뒤섞인 다양한 냄새가 그의 콧구멍을 흥분시켰다. 대지에서 올라오는 강한 냄새, 꽃에서 나는 향긋한 냄새. 나뭇잎과 검은딸기나무에서 나는 이름 모를 냄새. 그들이 길을 가로지를 때는 시큼한 냄새가 났다. 콩밭에 들어서면 톡 쏘는 듯한 냄새가 났다. 그러나 갑자기 바람이 휘몰아치면서 그 어떤 것보다 더욱 자극적이고 강력하며 가슴을 잡아 찢는 냄새가 났다. 그의 두뇌에서 수천 가지의 본능을 자극하고, 수백만 가지의 추억을 발산하며 비집고 나오는 냄새, 그것은 바로 산토끼의 냄새와 여우의 냄새였다. 그는 급류에 휩싸여 멀리 더 멀리 밀려가는 물고기처럼 잽싸게 사라졌다. 그는 여주인을 잊었고, 모든 인류도 잊었다. 그는 가무잡잡한 남자들이 "스팬! 스팬!"이라고 외치는 소리를 들었다. 채찍을 휘두르는 소리를 들었다. 그는 전속력으로 달렸고, 돌진했다. 마침내 그는 당황해서 멈췄다. 주문이 서서히 잦아들었다. 아주 천천히, 양처럼 순하게 꼬리를 치면서 그는 들판을 가로질러 미트포드 아가씨가 우산을 흔들면서 "플러쉬! 플러쉬! 플러쉬!"를 외치며 서 있던 곳으로 총총거리며 되돌아왔다. 그리고 적어도 한 번은 훨씬 더 고압적인 외침이 있었다. 사냥 나팔소리는 더욱 깊은 본능을 일깨웠고, 그는 환희에 찬 거친 울부짖음 속에서 수풀과 나무, 산토끼, 작은 토끼, 여우에 대한 기억을 흔적도 없이 제거하고 그것을 초월하는 더욱 야생적이고 더욱 강력한 감정을 일으켜 세웠다. 그의 눈에 사랑의 횃불이 활활 타올랐고, 그는 비너스의 사냥 나팔소리를 들었다. 강아지 시절을 제대로 벗어나기도 전에 플러쉬는 아버지가 되었다.

　1842년에는 한 남자가 그러한 행동을 했더라도 전기작

가에게 해명해달라고 요구했을 터인데, 하물며 여자의 경우
에 어떤 변명이 허용되었을까. 그녀의 이름은 그 페이지부터
수치스러운 오점을 남겼을 것이 분명하다. 그러나 더 낫든 못
하든 간에 개들의 도덕적 규범은 분명히 우리의 것과 다르
며, 그런 점에서 플러쉬의 행동에서 이제 진실을 가리는 장
막을 요구하거나, 그때 당시 그 땅에서 가장 순수하고 정숙
한 사회에 그가 적합하지 않다고 할 이유는 아무것도 없다.
다시 말해, 퓨지 박사*의 형이 그를 사고 싶어 안달했다는 증
거가 있다. 널리 알려진 퓨지 박사의 성격으로 그의 형의 성
격을 추론하여 보건대, 강아지로서 현재의 플러쉬가 아무리
경솔하다 할지라도 그에게는 진지하고 충실하며 장래가 촉
망되는 구석이 있었다고 여겼음이 틀림없다. 그러나 그의 타
고난 매력적인 재능에 대한 훨씬 더 의미 있는 증거는 퓨지
씨가 그를 사고 싶어 했음에도 불구하고 미트포드 아가씨가
팔기를 거부했다는 것이다. 돈 문제로 몹시 시달리던 그녀에
게는 어떤 비극이 전개될지 혹은 어떤 연보를 편집해야 할

---

*E.B. Pusey(1800~1882). 영국 성공회 신학자로 19세기에 행해졌던 영국 국교
회의 고교회高敎會적 운동인 옥스퍼드운동의 지도자. 형은 농업 개혁가인 필
립 퓨지Philip Pusey를 말한다.

지도 몰랐고 결국 친구들에게 도움을 청하는 모욕적인 방책
까지 이르렀기에, 퓨지 박사의 형이 제안한 액수를 거절하는
게 고통스러웠을 것이다. 플러쉬의 아버지에게는 20파운드
가 제시되었었다. 미트포드 아가씨는 플러쉬의 경우 10에서
15파운드를 요구할 수도 있었다. 10이나 15파운드는 엄청나
게 후한 액수였고, 그 돈이면 요긴하게 쓰기에 훌륭한 액수
였다. 10에서 15파운드면 의자의 덮개를 다시 씌울 수도 있
고, 온실을 재정비할 수도 있으며, 옷장을 아예 통째로 살 수
도 있었다. "나는 보닛[끈을 턱 밑으로 묶는 모자]과 망토, 잠
옷, 거의 장갑 한 켤레조차도 사지 못했다"고 그녀는 1842년
에 썼다. "4년 동안."

　　그러나 플러쉬를 파는 것은 상상할 수 없었다. 그는 돈
과 연관될 수 없는 진귀한 주문의 대상이었다. 그는 영적인
것이 무엇인지, 돈으로 따질 수 없는 게 무엇인지에 대한 전
형이며, 사심을 넘어서는 우정에 딱 알맞는 상징이 되기 때
문에 더욱 진귀한 부류가 아니던가. 그런 마음에서라면 한
친구, 그를 가질 정도로 운이 좋은, 친구보다는 딸에 더 가까
운 사람에게라면 보낼 수 있을 것이다. 윔폴가의 뒤뜰에 있
는 침실에서 여름철 내내 은둔하며 지내는 친구라면, 그 누

구도 아닌 잉글랜드에서 가장 유명한 여류시인으로, 불운하
지만 총명한, 흠모해 마지않는 엘리자베스 바렛과 같은 친구
라면? 플러쉬가 햇볕에서 뒹굴며 날쌔게 뛰어다니는 것을 볼
때마다 미트포드 아가씨는 그 생각이 더욱더 자주 떠올랐
다. 런던의 어둡고 담쟁이로 그늘진 침실에서 바렛 아가씨의
소파 옆에 앉아있을 때도 그랬다. 그렇다, 플러쉬는 바렛 아
가씨에게 가치가 있고 바렛 아가씨는 플러쉬에게 가치가 있
다. 이 희생은 크나큰 것이었다. 하지만 희생을 해야만 한다.
그리하면 아마 1842년 초여름 어느 날에, 환상의 단짝이 윔
폴가를 따라 걷고 있는 모습을 볼 수 있을 것이다. 발그레한
얼굴에 빛나는 은발을 한, 키가 작고 통통하며 소박한 차림
의 나이가 좀 있는 여인이, 무척 기백이 넘치고 무척 호기심
이 많고 무척 본데 있는 황금색 코커스패니얼 강아지를 목
줄로 데리고 다니는 모습을. 그들은 거의 거리 끝까지 걸어
갔고, 마침내 50번지에서 멈췄다. 한 치의 망설임도 없이, 미
트포드 아가씨는 초인종을 눌렀다.

　　바로 지금 이 순간조차도 아무런 망설임 없이 윔폴가에
있는 저택의 초인종을 누르는 사람은 아무도 없을 것이다. 그
곳은 런던 거리에서 가장 위엄 있으면서도 가장 인간미 없는

곳이다. 실제로 세상이 불현듯 붕괴되고 문명의 기초가 흔들리는 것처럼 보이면 윔폴가로 가면 된다. 그 거리를 천천히 걸으면서, 그 저택들을 조망하고 그들의 균일성을 음미하며, 창문의 커튼과 그 일관성에 경탄하고, 황동으로 만든 문고리와 그 규칙성에 감탄하고, 푸주한이 고기를 덩어리째 부드럽게 자르면 요리사가 그것을 받아드는 것을 지켜보고, 거주민들의 소득을 추정하고, 하느님과 인간의 법에 대한 복종과 그에 따른 결과를 추론하기 위해서는 윔폴가로 가기만 하면 된다. 윔폴가로 가서 거기서 권위에 의한 감사의—코린트*가 파괴되고 메시나**가 무너지는 동안에도, 왕관들이 바람에 쓰러지고 고대 제국들이 화염에 휩싸이는 동안에도, 윔폴가는 미동도 하지 않은 채 남아 있는 것에 대한—한숨을 내쉬면서 편안함에 취하기만 하면 된다. 윔폴가에서 옥스퍼드가로 돌아서면, 윔폴가의 벽돌의 줄눈들을 다시 칠할 필요도 없다는 것, 커튼을 세탁할 필요도 없다는 것, 푸주한이 등심과 뒷다리와 허릿살, 가슴살, 양고기와 소고기의 갈비뼈를 요리사에게 건네줄 때 조금도 실패하지 않는다는 것을 보면

---

*Corinth. 고대 그리스의 상업 · 예술의 중심지.
**Messina. 이탈리아 시칠리아 섬 북동쪽에 있는 항구도시.

서, 윔폴가가 남아있는 한 언제까지나 문명은 안전하다는 기
도가 마음속에 샘솟아 입 밖으로 터져나올 것이다.

윔폴가의 집사들은 오늘날에도 느릿느릿 움직인다. 1842
년 여름에 그들은 훨씬 더 느긋했었다. 제복에 관한 법은 당
시 더욱 엄격했었다. 은기銀器를 닦기 위해서는 녹색의 모직
천으로 만든 행주를, 현관문을 열기 위해서는 줄무늬 조끼
와 연미복을 입는 의례가 더욱 엄격하게 지켜졌다. 미트포드
아가씨와 플러쉬는 그때 현관 계단에서 최소한 3분 30초는
기다린 것 같았다. 그러나 드디어 50번지의 문이 활짝 열렸
다. 미트포드 아가씨와 플러쉬는 안으로 안내되었다. 미트
포드 아가씨는 빈번한 방문객이었으므로 바렛 가족의 저택
에서 위압당하는 것은 있을지언정 놀랠만한 것은 없었다. 그
러나 플러쉬는 틀림없이 극도로 압도당했을 것이다. 이 순간
까지 그는 쓰리마일크로스에서 집이 아니라 일꾼의 오두막
에 자리를 잡고 살았었다. 거기의 판자들은 헐벗었었고, 깔
개들은 해어졌으며, 의자들은 싸구려들이었다. 이곳에는 헐
벗은 것도, 해진 것도, 싸구려도 없다는 것을 플러쉬는 한눈
에 알아볼 수 있었다. 집주인인 바렛 씨는 부유한 상인이었
다. 그는 장성한 아들들과 딸들로 대가족을 이루고 있었고,

그 큰 규모에 비례하는 하인들 일행을 부리고 있었다. 그의 집은 1830년대 후반에 유행하던 것들로 채워졌는데, 그것들은 틀림없이 슈롭셔*에서 집을 지었을 때 그의 마음을 끌었던 무어인들의 건축 양식인 반월형과 반구형 모양으로 꾸몄던 동양적 판타지를 일부 가미한 것이었다. 여기 윔폴가에서 그런 화려함은 허용되지 않겠지만, 우리는 천정이 높은 어두운 방들이 오토만**들과 세공된 마호가니들로 가득 차 있을 거라고 짐작할 수 있다. 탁자들은 꽈배기처럼 다리가 꼬여 있었고, 그 위에는 누금세공鏤金細工을 한 장식물들이 세워져 있었으며, 단검들과 검들은 짙은 포도주색 벽에 걸려 있었고, 벽감壁龕 안에는 동인도에 있는 그의 소유지에서 가져온 진귀한 물건들이 들어차 있었으며, 두텁고 풍성한 카펫이 바닥을 덮고 있었다.

    그러나 미트포드 아가씨—그녀는 집사 뒤에 있었는데—뒤에서 총총거리면서 플러쉬는 그가 본 것보다 냄새 맡은 것에 더욱 크게 놀랐다. 계단의 통로 위로 덩어리째 굽는 고기, 양념을 끼얹은 닭고기, 뭉근하게 끓고 있는 수프의 따뜻한 냄

*Shropshire. 잉글랜드 중서부의 주 명칭.
**ottoman. 등받이가 없고 쿠션이 두툼한 긴 의자나 발을 올려놓는 스툴.

새가 훅 풍겨왔다. 케렌하포크의 고기와 감자를 다져 섞은
빈약한 음식의 보잘것없는 맛에 익숙했던 콧구멍이 마치 음
식 자체를 들이마시는 것처럼 황홀했다. 음식 냄새와 뒤섞이
면서 한층 더 많은 냄새들이 났다. 삼나무와 백단향과 마호
가니의 냄새, 남자의 몸과 여자의 몸에서 풍기는 체취, 남자
하인들과 여자 하인들, 외투와 바지, 크리놀린*과 망토, 태피
스트리**로 만든 커튼, 플러시 천***으로 만든 커튼, 석탄 가
루와 자욱한 연기, 포도주와 시가 등의 냄새였다. 식당과 응
접실, 서재, 침실 등 지나가는 방마다 스튜와 섞여 풍기는 나
름의 냄새들이 퍼져 나왔다. 그가 처음 내디딘 한 발부터 그
다음 또 한 발을 내디딜 때마다 풍성하고 털이 긴 카펫은 그
의 발을 다정다감하게 에워싸는 느낌으로 어루만졌고 그 느
낌은 지속되었다. 마침내 그들은 저택 뒤쪽의 닫힌 문에 이
르렀다. 살며시 똑똑 두드리자, 살며시 문이 열렸다.

  바렛 아가씨의 침실은 어느 모로 보나 늘 어두웠던 게―사
실 그랬고―틀림없었다. 빛은 보통 녹색 다마스크 천****으

---

*crinoline. 과거 여자들이 치마를 불룩하게 보이게 하려고 안에 입던 틀.
**tapestry. 여러 가지 색실로 그림을 짜 넣은 직물. 또는 그런 직물을 제작
하는 기술.
***plush. 실크나 면직물을 우단보다 털이 좀 더 길게 두툼히 짠 것.

로 만든 커튼으로 인해 가려졌고, 여름이면 창가의 화단에
서 자라는 한련화와 메꽃, 강낭콩 덩굴, 담쟁이로 인해 한층
더 어두침침해졌다. 처음에 플러쉬는 흐릿한 녹색빛 어스름
속에서 공중에서 신비롭게 희미한 빛을 발하는 다섯 개의
하얀 구체 외에는 아무것도 분간할 수 없었다. 하지만 또다
시 그를 압도한 것은 방에서 나는 냄새였다. 웅장한 무덤 속
으로 한 걸음 한 걸음 내려간 학자만이 그가 들고 있는 흔들
리는 조그만 등불을 아래로 낮추고 좌우로 돌리고 여기저기
비추면서 공중에서 빛나는 반쯤 사라진 대리석 흉상과 모
든 것을 희미하게 보는 동안, 자신이 지하층에서 굳어 붙은
균류, 끈적끈적한 곰팡이들, 쉴내 풍기는 부패한 유물 속에
있다는 사실을 알게 된다. 폐허가 된 도시의 매몰된 지하 납
골당 속을 탐험하는 사람만이 느끼는 그러한 감각은, 윔폴
가의 병자의 침실에 처음으로 들어선 플러쉬가 오데코롱[향
수]의 향기를 맡았을 때 그의 신경에 와락 밀려든 감정의 요
동에 비견될 수 있을 것이다.

　　아주 천천히, 아주 어렴풋이, 아주 많이 코를 킁킁거리

****damask. 올이 치밀한 자카드직의 천. 같은 올로 짜도 한쪽 면에는 광택
이 있고 다른 면은 어둡게 되어 무늬가 도드라져 보인다.

며 냄새를 맡고 발로 건드리면서 플러쉬는 점차 여러 가구
물품들의 윤곽을 분간할 수 있었다. 창문 옆의 그 거대한 물
체는 옷장일 것이었다. 그 옆에 서 있는 것은 추측건대 서랍
장일 것이었다. 방 한가운데에서 둥근 띠가 둘러진 탁자처럼
보이는 것이 수면 위로 떠올랐고, 그런 다음 흐릿하고 뚜렷한
특색이 없는 안락의자와 탁자가 나타났다. 그러나 모든 것이
본성을 숨기고 있었다. 옷장 꼭대기에는 세 개의 하얀 흉상
이 서 있었고, 책장이 서랍장 위에 얹혀 있었으며, 책장에는
진홍색 메리노 양모가 발라져 있었다. 수전용 탁자 위에는
보관寶冠용 선반이 있었고 선반 꼭대기에는 두 개의 흉상이
더 세워져 있었다. 방 안에서 그 자체인 것은 아무것도 없었
고, 모든 것이 무언가 다른 것이었다. 창문의 블라인드조차
도 단순한 모슬린* 블라인드가 아니었다. 그것은 성과 입구
와 나무숲이 채색된 직물[1]이었고, 거기에는 농부들이 여럿
걸고 있었다. 거울로 보는 것은 이미 왜곡된 이러한 물체들을
더욱 왜곡시켜서 다섯 시인들의 흉상을 열 명의 시인들의 열
개의 흉상으로 보이게끔 했고, 탁자도 두 개가 아니라 네 개
로 보였다. 그런데 갑자기 더 무시무시한 혼동이 왔다. 순간

*muslin. 속이 거의 다 비치는 고운 면직물.

적으로 플러쉬는 벽에 난 구멍에서 빛나는 눈을 번쩍이며 혀가 축 늘어진 채 그를 물끄러미 마주보는 또 다른 개를 본 것이었다! 그는 놀라서 얼어붙었다. 그는 경외심으로 다가갔다.

그렇게 다가가면서, 그렇게 물러서면서, 플러쉬는 저 멀리 나무 꼭대기 사이에서 살랑거리는 바람소리 외에는, 소곤거리거나 재빠르게 말하는 목소리를 거의 듣지 못했다. 그는 숲속에서 탐험가가 사자인지 코브라의 몸통인지 불확실한 그림자를 보고 가만가만히 발을 내딛듯 조심스럽게 긴장하면서 계속 살펴보았다. 그러나 마침내 그는 그 소동을 둘러싼 거대한 물체에 대해 알게 되었다. 조금 전에 겪은 일 때문에 침착성을 잃어 그 스스로 덜덜 떨면서 칸막이 뒤에 숨어 있었던 것이었다. 목소리가 그쳤다. 문이 닫혔다. 순간 그는 멈췄고, 어리둥절했고, 혼란스러웠다. 그때 마치 발톱 세운 호랑이가 급습한 것처럼, 기억이 떠올랐다. 그는 자신이 홀로—버려졌다는 것을 느꼈다. 그는 문으로 달려갔다. 닫혀있었다. 그는 발톱으로 긁으며, 귀 기울였다. 그는 내려가는 발소리를 들었다. 그는 그것이 자신의 여주인의 친숙한 발걸음 소리라는 것을 알았다. 발걸음 소리가 멎었다. 그러나 아니, 그대로 계속, 계속해서 내려갔다. 미트포드 아가씨는 천

천히, 무겁게, 마지못해 계단을 내려가고 있었다. 그리고 그
녀가 가면서, 그녀의 발걸음 소리가 사라지는 것을 들으면서,
그는 공포에 사로잡혔다. 미트포드 아가씨가 아래층으로 내
려가면서 그의 눈앞에서 문들이 하나씩 닫혔다. 그들은 자유
로 가는 문을 닫아버렸다. 들판으로, 산토끼에게로, 풀숲으로
가는 문을. 그가 숭배하고 그가 존경해마지 않는 여주인—그
를 씻겨주고 벌주고 자기가 먹을 것이 충분하지 않았을 때도
그녀의 접시에서 먹게 해주었던 사랑하는 옛 여인—에게로
가는 문, 행복과 사랑, 인간의 선의에 대해 그가 알았던 모든
것에 대한 문이 닫혀버렸다! 거기에서! 현관문이 쾅 닫혔다.
그는 혼자였다. 그녀는 그를 버렸다.

　이윽고 절망과 비통의 물결이 그를 완전히 뒤덮었다. 돌
이킬 수 없는 운명의 무자비함이 그를 강타하여 그는 고개를
들고 소리 내어 울부짖었다. 하나의 목소리가 "플러쉬"라고
말했다. 그는 듣지 못했다. "플러쉬", 두 번째로 반복했다. 그
는 놀라서 움찔했다. 그는 혼자 있다고 생각했었다. 그는 돌
아섰다. 방안에 살아있는 것이 그와 함께 있었던가? 소파에
무엇이 있었던가? 이 존재가, 그것이 무엇이든, 문을 열어 줄
것이고, 그러면 미트포드 아가씨를 쫓아가 그녀를 찾을 수

있을 거라는 실낱같은 한 가닥 희망 속에서—이것은 그들이
집에서 온실에 들어가 숨바꼭질하며 놀곤 했던 것과 같은 놀
이라며—플러쉬는 쏜살같이 소파로 달려갔다.

　"오, 플러쉬!" 바렛 아가씨가 말했다. 처음으로 그녀는
그의 얼굴을 보았다. 처음으로 플러쉬는 소파에 누워있는
그 여인을 보았다.

　둘은 서로 놀랐다. 굵게 말린 머리가 바렛 아가씨의 얼
굴 양쪽으로 드리워져 있었고, 커다란 두 눈은 밝게 빛났으
며, 크게 벌어진 입가에는 미소를 띠고 있었다. 굵직한 귀가
플러쉬의 얼굴 양쪽에 드리워져 있었고, 그의 눈 역시 크고
빛났으며, 그의 입도 크게 벌어져 있었다. 그들 사이엔 닮은
점이 있었다. 그들은 서로를 바라보며 서로 느꼈다—내가 여
기에 있네. 그런 다음 각기 느꼈다—그렇지만 너무 다르잖아!
그녀는 공기와 빛, 자유가 단절된 병약한 환자의 창백한 얼굴
이었다. 그는 본능적으로 건강과 활력이 넘쳐흐르는, 어린 동
물의 따뜻하고 홍조를 띤 얼굴이었다. 한 틀에서 만들어졌지
만, 두 동강 난 그들이 각자에게서 휴면상태인 것으로 서로
를 완성시켜 줄 수 있을까? 그녀는—그럴 수도 있겠는데, 어
쩌면 그도—아니다, 그럴 리 없다. 그들 사이에는 하나의 존

재를 다른 하나와 분리시키는 넘을 수 없는 차원의 장벽이
놓여 있었다. 그녀는 말을 했다. 그는 말을 못했다. 그녀는 여
자였고 그는 개였다. 그렇게 밀접하게 결합되어, 그렇게 엄청
나게 분리되어, 그들은 서로를 응시했다. 그런 다음 플러쉬는
단번에 소파 위로 뛰어올랐고, 그 후로 영원히 눕게 될 그곳
에 자리를 잡았다―바렛 아가씨의 발치에 있는 양탄자 위에.

2부

뒤뜰 침실

역사가들은 우리에게 1842년의 여름이 다른 여름들과 별반
다르지 않다고 말하지만, 플러쉬에게는 몹시도 달라서 세상
그 자체가 똑같은지에 대해 의심을 품을 수밖에 없었다. 그
것은 침실에서 지낸 여름이었고, 바렛 아가씨와 보낸 여름이
었다. 그것은 문명의 중심지에서 지낸, 런던에서 보낸 여름이
었다. 처음에 그는 침실과 가구밖에는 보지 못했었지만 그
것만으로도 충분히 놀라운 것이었다. 거기서 본 전혀 다른
모든 물품들의 올바른 명칭을 식별하고 구분하고 부르는 것
은 무척이나 혼란스러웠다. 그리고 탁자들, 흉상들, 수전대에
좀체 익숙해지지 않았고, 오데코롱의 냄새도 여전히 그의 콧
구멍을 괴롭혔으나, 화창하지만 바람이 불지 않고, 따뜻하지
만 타는 듯이 덥지 않고, 건조하지만 먼지가 없는 드문 날 중
하루가 오면 병자는 잠시 바깥 공기를 쐴 수 있었다. 바렛 아
가씨가 여동생과 함께 쇼핑을 가는 커다란 모험을 안전하게
할 수 있는 날이 왔다.

　　마차를 불렀고, 바렛 아가씨가 소파에서 일어났다. 베일
을 둘러 감아 그녀는 계단을 내려갔다. 플러쉬도 물론 그녀
와 함께 갔다. 그는 마차에 뛰어올라 그녀 옆에 앉았다. 그녀
의 무릎에 웅크려 있으면서, 그의 눈은 런던 전체의 한껏 눈

부신 장관으로 휘둥그레졌다. 그들은 옥스퍼드가를 따라갔
다. 그는 거의 전체가 유리로 만들어진 집들을 보았다. 그는
화려하게 나부끼는 레이스들로 장식된 창문들을 보았고, 분
홍색, 보라색, 노란색의 수북한 장미다발들이 빛나는 것을
보았다. 마차가 멈췄다. 그는 물들인 얇고 투명한 천들과 자
욱한 연기가 온통 부옇게 뒤덮인 기묘한 회랑으로 들어갔다.
중국에서 온, 아라비아에서 온 수백만 가지 공기가 노쇠한
향로에서 퍼져 나와 가장 멀리 있는 말초신경까지 자극했다.
순식간에 판매대 위로 기다랗고 반짝반짝 빛나는 비단이 번
쩍거렸고, 더욱 느릿느릿하게, 더욱 어두운 색상의 묵직한 능
직綾織들을 둘둘 말고 있었다. 가위들은 잘라냈고, 주화들은
반짝였다. 종이들은 접혀졌고, 끈으로 묶였다. 흔들거리는 깃
털들, 나부끼는 장식 띠들, 고개를 까딱거리는 말들, 노란 제
복들, 지나치는 얼굴들 때문에 플러쉬는 이리 뛰고 저리 뛰
고 위아래로 날뛰면서 다채로운 감각을 실컷 즐기고는, 마차
에서 내릴 때까지 아무것도 모른 채 졸고 잠자고 꿈을 꾸었
다. 그리고 윔폴가의 문이 다시 그에게 닫혔다.

　그리고 다음 날, 화창한 날씨가 계속되면서 바렛 아가씨
는 훨씬 더 대담한 위업을 감행했다. 환자용의 바퀴 달린 의

자를 직접 밀고 윔폴가로 간 것이었다. 이번에도 플러쉬가 그
녀와 동행했다. 그는 딱딱한 돌바닥으로 포장된 런던 거리 위
에서 난생처음 자신의 발톱이 딸깍거리는 소리를 들었다. 난
생처음으로 무더운 여름날 런던의 수많은 거리 전체가 그의
콧구멍을 후벼팠다. 그는 시궁창에서 나는 기절할 듯한 냄새
를 맡았다. 철제 난간을 부식시키는 쓰라린 냄새, 연기를 내
뿜으며 지하층에서 올라오는 어지러운 냄새, 레딩 근처의 들
판에서 맡았던 그 어떤 냄새보다 격하게 대조되고 뒤섞이는,
더욱 복합적이고 부패한 냄새들, 인간의 후각의 범위를 훨씬
넘어서는 냄새들이었다. 그래서 의자가 계속 가는 동안, 그
는 몹시 놀라 멈추어서 목걸이가 그를 홱 잡아당길 때까지
냄새를 맡고 맛을 음미했다. 그리고 또한 바렛 아가씨의 의
자 뒤에서 윔폴가를 따라가고 있으려니 사람들 틈바구니에
서 머리가 어질어질했다. 페티코트들이 그의 머리에서 휙 소
리를 내며 움직였고, 바지들이 그의 옆구리를 스쳤다. 때때
로 바퀴가 바로 그의 코앞에서 쌩하는 소리를 내며 달렸고,
수하물차가 지나가자 귀청이 터질 듯한 파멸의 바람이 불었
고, 발의 털들이 흩날렸다. 그러자 그는 공포심으로 벌컥 달
려들었다. 다행히도 목줄이 그의 목걸이를 세게 잡아당겼다.

바렛 아가씨가 그를 단단히 붙잡지 않았더라면 달려들어 파멸되었을지도 모른다.

마침내, 모든 신경이 고동치고 모든 감각이 노래를 부르면서 리젠트파크에 도착했다. 그리고 그때, 몇 년 만인 듯한 느낌으로 다시 풀밭이며 꽃과 나무를 보았을 때, 오래전에 들었던 들판에서의 사냥 외침이 그의 귀에 들리는 듯하여 고향집 들판에서 했던 것처럼 앞으로 돌진하려 했다. 그러나 이제는 육중한 것이 그의 목을 잡아당기면서 궁둥이가 바닥에 도로 처박혀졌다. 그곳에 나무와 풀들이 있는 것이 아니었나? 그는 자문했다. 자유의 신호가 아니었나? 미트포드 아가씨가 걷기 시작하면 그는 언제나 곧장 뛰어나가지 않았던가? 왜 여기서는 죄수로 있는 거지? 그는 잠시 멈췄다. 이곳의 꽃들은 집에서보다 훨씬 더 빽빽하게 밀집해 있다는 것에 주시했다. 그것들은 비좁은 꽃밭에 꼿꼿하게 하나씩 하나씩 서 있었다. 꽃밭에는 딱딱한 검은 길이 가로지르고 있었다. 반들반들한 실크모자를 쓴 남자들이 길을 오르내리며 불길하게 행군하듯 걷고 있었다. 그들을 본 순간 그는 전율을 일으키며 의자에 더 가까이 갔다. 그는 목줄의 보호를 기꺼이 받아들였다. 그리하여 이러한 몇 번의 산책이 끝나기 전에 새

로운 개념이 그의 두뇌에 새겨졌다. 이것저것 견주어 보면서
그는 하나의 결론에 도달했다. 꽃밭이 있는 곳에는 아스팔
트 길이 있고, 꽃밭과 아스팔트 길이 있는 곳에는 반들거리
는 실크모자를 쓴 남자들이 있다. 그리고 꽃밭과 아스팔트
길과 반들거리는 실크모자를 쓴 남자들이 있는 곳에선 개
들은 목줄에 묶여 다녀야 한다. 입구에 걸린 푯말의 단어는
하나도 해독할 수 없었지만 그는 교훈을 얻었다―리젠트파
크에서 개들은 목줄에 묶여 다녀야 한다.

　그리고 1842년 여름의 기이한 경험에서 탄생한 이 핵심
적인 지식에 곧 또 다른 지식이 가세했다. 개들이 동등하지
않고, 서로 다르다는 것이었다. 쓰리마일크로스에서 플러쉬
는 대지주의 그레이하운드들과 술집의 개들과 편견 없이 어
울렸고, 땜장이의 개와 자신 사이에 차이를 몰랐다. 실제로
그의 새끼의 어미 개도, 비록 스패니얼이라고 예의상 불리긴
했어도, 귀는 이렇고 꼬리는 저런 잡종일 가능성이 컸다. 그
러나 런던의 개들은, 플러쉬가 곧이어 발견한바, 엄격하게 서
로 다른 계급으로 나뉘어 있었다. 어떤 개들은 묶여 있었고,
어떤 개들은 제멋대로 날뛰었다. 어떤 개들은 마차에 타서
외출하고 보라색 유리단지에 담긴 물을 마시지만, 다른 개들

은 너저분하고 목걸이도 없이 시궁창에서 생계를 이어갔다. 플러쉬는 그러므로 개들이 서로 다르다는 의혹이 들기 시작했다. 어떤 개들은 신분이 높고 다른 개들은 낮다. 그의 의혹은 윔폴가의 개들과 함께 있을 때 지나가는 말들로 확인되었다. "저 망나니 좀 봐! 완전 잡종이잖아! …… 오 이런, 저건 순종 스패니얼이야. 영국에서 가장 좋은 혈통 중 하나지! …… 귀가 더 축 늘어지지 않아서 안타깝다. …… 저 머리에 장식털 달린 개는 너나 가져라!"

하인들이 경마에서 승리마를 예상하는 선술집 바깥이나 우체통 근처에서 하는 그런 말투들에서, 그들이 칭찬이나 조롱을 말하는 억양들에서, 플러쉬는 여름이 가기 전에 개들 사이에 평등은 없다는 것을 알았다. 신분이 높은 개와 낮은 개가 있었던 것이다. 그렇다면, 그는 어느 쪽인가? 플러쉬는 집에 오자마자 거울 속에 비친 자신의 모습을 유심히 살펴보았다. 고맙게도 그는 가문도 혈통도 있는 개였다! 그의 머리는 매끄러웠으며, 두 눈은 돌출되었으나 흐리멍덩하지 않았고, 발은 털로 뒤덮여 있었다. 그는 윔폴가에서 가장 혈통 좋은 코커와 동등했다. 그는 자신이 마시던 보라색 유리단지가 그것을 입증한다는 것을 알아챘다―그런 것이 계급의 특권인 것이다. 그는 목걸이에 목줄을 달도록 고개를 가만히 숙였다—이런 것이 계급의 특권으로 인해 치러야 하는 대가인 것이다. 그가 거울을 가만히 응시하는 모습을 지켜본 바렛 아가씨는 오해했다. 그는 외모와 현실의 차이를 숙고하는 철학자라고, 그녀는 생각했다. 오히려 그렇기는커녕, 그는 자신의 특질을 음미하는 귀족이었다.

그러나 화창한 여름날은 곧 끝났고, 가을바람이 불기 시작했다. 바렛 아가씨는 침실에서 완전한 은둔 생활에 들어갔다. 플러쉬의 삶도 바뀌었다. 그의 야외 교육은 침실에서의 교육으로 보완되었는데, 이것은 플러쉬와 같은 기질을 가진 개에게 창안될 수 있는 가장 극단적인 것이었다. 그의 유일한 나들이는 바렛 아가씨의 하녀인 윌슨과 함께 하는 짧고 형식적인 것이었다. 그 외 나머지 시간 내내 그는 소파 위 바렛 아가씨 발치에서 그의 자리를 지켰다. 그의 모든 자연적 본능은 좌절되고 부정되었다. 작년에 버크셔에서 가을바람이 불었을 때 그는 그루터기를 가로지르며 신나게 뛰어다녔었다. 이제 담쟁이 잎이 유리창을 톡톡 두드리는 소리에 바렛 아가씨는 윌슨에게 창문이 잘 닫혔는지 봐달라고 했다. 창가 화단에 심은 강낭콩 잎과 한련화가 노랗게 되어 떨어지자 그녀는 인도산 숄을 더 단단히 둘렀다. 10월의 비가 창문을 휘몰아치자 월슨은 불을 지피고 석탄을 쌓아 올렸다. 가을이 깊어져 겨울이 왔고, 첫 안개는 대기를 누렇게 변조시켰다. 월슨과 플러쉬는 우체통이나 약국을 손으로 더듬거리며 겨우 갈 수 있었다. 그들이 돌아왔을 때, 방 안에선 아무것도 볼 수 없었고, 다만 흐릿한 흉상들만이 옷장 꼭대기에서 파리하게 빛나고 있었다. 농부들과 성이 블라인드에서 사라지고 없었고, 샛노란 색만이 유리창을 채우고 있었다. 플러쉬는 자신과 바렛 아가씨 단둘만이 쿠션이 깔리고 불이 지펴진 동굴에 살고 있다고 느꼈다. 바깥에선 끊임없이 윙윙거리며 통행하는 소리가 약하게 메아리쳤고, 이따금 길을 따라 목이 쉬도록 외치는 소리가 들려왔다. "낡은 의자와 바구니 수선하세요." 때로는 오르간 음악 소리가 더 가깝고 더 크게 들렸다가 멀어지면서 이내 잦아들기도 했다. 그러나 이 소리들 중 어느 것도 자유나 행동, 활동을 의미하지 않았다. 바람과 비, 광풍이 휘몰아치는 가을날과 한겨울의 추운 날은 램프의 불빛이나, 커튼을 치는 것, 난롯불을 쏘시는 것과 같은 온기와 고요함을 제외하고는 플러쉬에게 모두 아무것도 아니었다.

처음에는 중압감이 너무 커서 견딜 수 없었다. 그는 자

고새가 그루터기 위에서 황급히 흩어지는 바람 부는 가을날
에 방에서 날뛰지 않을 수가 없었다. 그는 산들바람 속에서
총 쏘는 소리를 들었다고 생각했다. 그는 개 짖는 소리가 바
깥에서 들렸을 때 목 뒷부분의 털이 곤두서면서 문으로 달
려가지 않을 수 없었다. 그런데 바렛 아가씨가 그를 다시 불
렀을 때, 그녀가 그의 목걸이에 손을 얹었을 때, 그는 다급하
고, 모순적이며, 유쾌하지 않은 또 다른 감정이―그는 그것을
무엇이라 불러야 하는지 혹은 왜 그가 그것에 순종해야 하
는지를 몰랐다―그를 억누르고 있다는 것을 부정할 수 없었
다. 그는 여전히 그녀의 발치에 누워있었다. 그가 가진 가장
격렬한 자연적 본능을 체념하고 통제하고 억누르는 것―그것
이 침실 학교에서 가장 중요한 수업이었으며, 많은 학자들이
그리스어를 배우는 게 오히려 더 쉬웠을 만큼의 아주 막중
한 난관 중 하나였다. 장군들은 그 반 정도의 고통도 겪지 않
고서도 많은 전투에서 승리를 거두었을 것이다. 그렇지만 바
렛 아가씨는 선생님이었다. 매주가 더디게 흘러가면서 플러
쉬는 그들 사이에 불편하지만 팽팽하게 긴장된, 어떤 유대가
더욱더 강해지고 있다고 느꼈다. 그의 기쁨이 그녀의 고통이
었다면, 그의 기쁨은 더 이상 기쁨이 아니라 거의 고통일 뿐

이었다. 이러한 사실은 날마다 입증되었다. 누군가 문을 열고 그에게 오라며 휘파람을 불었다. 왜 나가면 안 되는가? 그는 공기와 활동을 갈망했고, 그의 사지四肢는 소파에 누워있는 것을 갑갑해했다. 그는 오데코롱의 냄새도 당최 완전히 익숙해지지 않았다. 그러나 아니, 비록 문이 열려 있었어도 그는 바렛 아가씨를 떠나지 않았다. 그는 문 중간에서 머뭇거리다가 소파로 되돌아갔다. "플러쉬이Flushie,"라고 바렛 아가씨는 다정하게 썼다. "나의 친구―나의 동반자―는 바깥의 햇빛을 좋아하는 것보다 나를 더 좋아해요." 그녀는 나갈 수 없었다. 그녀는 소파에 붙어살았다. 그녀가 그랬던 것처럼, "새장에 갇혀있는 새도 그럴만한 사연은 있을 거예요"라고 그녀는 썼다. 플러쉬에게는 온 세상이 자유로웠지만, 그는 그녀 곁에 눕기 위하여 윔폴가의 모든 냄새를 포기하기로 선택했다.

그런데 때때로 유대가 거의 깨질 뻔하기도 했는데, 그들의 이해력에 엄청난 괴리가 있었기 때문이다. 가끔 그들은 완전히 당혹해서 서로를 쳐다보며 누워있곤 했다. 바렛 아가씨는 의아했다. 왜 플러쉬가 갑자기 몸을 떨고 낑낑거리고 흠칫 놀라며 귀를 쫑긋했을까? 그녀는 아무것도 들을 수 없었고, 아무것도 볼 수 없었다. 그들 외에 방 안에는 아무도 없었다.

그녀는 여동생의 어린 킹찰스스패니얼인 폴리가 문을 지나 갔었다는 것도, 혹은 지하층에서 하인이 쿠바 블러드하운드 인 캐틸라인[남동생 헨리의 개 이름]에게 양고기 뼈를 주었다 는 것도 짐작할 수 없었다. 그러나 플러쉬는 알았고, 들었고, 식욕과 탐욕을 번갈아가며 분노에 휩싸였다. 바렛 아가씨는 모든 시적 상상력에도 불구하고, 윌슨의 젖은 우산이 플러쉬 에게 무엇을 의미하는지 간파할 수 없었다. 그것이 숲과 앵 무새, 거칠게 울부짖는 코끼리에 관한 어떤 기억을 불러일으 키는지, 케넌* 씨가 초인종 줄에 발이 걸려 휘청거렸을 때 플 러쉬가 가무잡잡한 남자들이 산에서 욕설을 퍼붓는 소리를 들었던 것도, "스팬! 스팬"이라고 외치는 소리가 그의 귓전에 울렸던 것도, 그가 그를 문 것은 조상으로부터 이어받은 소 리 죽인 분노였다는 것도, 그녀는 알지 못하였다.

　　플러쉬도 바렛 아가씨의 감정을 이해하는 데에는 똑같 이 속수무책이었다. 그녀는 검은 막대기를 가지고 하얀 페

*John Kenyon(1784~1856). 시인. 엘리자베스의 먼 친척이자 친구. 1841년 바렛 가족은 런던의 윔폴가 50번지로 이사했다. 이때 엘리자베스의 건강이 악화되어 대부분의 시간을 위층에 있는 그녀의 방에서 보냈는데, 당시 그녀는 가족과 개, 존 케넌과 몇몇 지인들만 만났다고 한다. 몸이 약했음에도 그녀는 시를 쓰고 출 간해서 유명해졌으며, 이때 비교적 무명이던 여섯 살 연하의 로버트 브라우닝 이 그녀의 시에 매혹되었고 존 케넌에게 간청해 엘리자베스를 만나게 되었다.

이지를 손으로 넘기면서 몇 시간이고 누워있곤 했다. 그러
다 그녀의 두 눈에 갑자기 눈물이 가득 고였다. 그런데 왜?
"아, 친애하는 혼* 씨," 그녀는 쓰고 있었다. "그런데 제 건강
에 문제가 생겨서 …… 그다음엔 토키**로 요양 가야만 했어
요……. 그것은 제 삶에 영원토록 악몽을 꾸게 했고, 여기서
말할 수 있는 것보다 더 많은 것을 앗아가 버렸어요. 어디서
든 그 얘기는 하지 마세요. 친애하는 혼 씨, **그 얘기는 하지 말
아주세요.**" 그러나 방 안에서는 아무 소리도 나지 않았고 바
렛 아가씨를 울릴 만한 어떤 냄새도 나지 않았다. 그런 다음
다시 바렛 아가씨는 여전히 막대기를 휘저으면서 웃음을 터
뜨렸다. 그녀는 "오히려 나 자신인 것처럼 익살맞게, 플러쉬
의 초상화를 아주 간결하고 독특하게" 그렸고, 그 밑에 "나
의 존재보다 훨씬 더 가치 있는 존재이므로 나의 훌륭한 대
용물이라고 보기에는 부족할 뿐이다"라고 써놓았다. 그녀가
플러쉬에게 보여주려고 들고 있던 검게 번진 자국에서 웃을

*Richard Hengist Horne(1802~1884). 영국의 시인이자 비평가. 엘리자베스와
주고받은 편지가 출간되기도 했다.
**Torquay. 잉글랜드 서남부, 데번셔 주 남부의 자치 도시로 해변 휴양지. 엘
리자베스는 1837년에 폐결핵으로 추정되는 병에 걸렸고, 의사의 권고에 따
라 1838년 런던에서 토키로 요양 가야 했으며, 1841년에 윔폴가로 돌아왔다.

일이 뭐가 있는가? 그는 아무 냄새도 맡을 수 없었고, 아무
것도 들을 수 없었다. 그들 외에 방 안에는 아무도 없었다.
그들이 말로 의사소통을 할 수 없다는 사실, 그리고 그것이
의심할 여지 없이 많은 오해를 이끌어낸다는 것도 사실이었
다. 하지만 그게 특유한 친밀감으로 이끌지 않았던가? "쓴다
는 것은," 바렛 아가씨는 아침의 노역을 치르고 나서 외친 적
이 있다. "쓴다는 것은, 쓴다는 것은……." 결국 그녀는 이렇게
생각했을 수도 있다. 말이 모든 것을 말해주는가? 말이 어떤
것을 말할 수나 있을까? 말은 말이 전할 수 있는 범위를 넘
어선 상징적인 것을 파괴하지 않는가? 일단 적어도 바렛 아
가씨는 그 대답을 찾은 것 같았다. 그녀는 누워서, 생각에 잠
기면서, 플러쉬를 완전히 잊어버렸고, 그녀의 생각이 너무 슬
퍼서 쿠션 위로 눈물이 떨어졌다. 그때 갑자기 털북숭이 머
리가 그녀를 덮쳤다. 커다랗고 환한 두 눈이 그녀의 눈 안에
서 빛났고, 그녀는 흠칫 놀랐다. 그것은 플러쉬였을까, 아니
면 판*이었을까? 그녀는 더 이상 윔폴가의 병자가 아니었고,

*Pan. 그리스 신화에 나오는 반인반수의 모습을 한 목신牧神으로, 아르카디
아 지방에서 유래한 것으로 여겨졌지만, 점차 그리스 전역에서 숭배의 대상
이 되었다. 수염이 난 얼굴은 야수적 모습을 띠고 있고, 이마에 난 뿔과 발
굽이 달리고 털이 북슬북슬한 굽은 다리는 염소를 연상시킨다. 엘리자베스

다만 아르카디아의 어느 어스름한 수풀 속에 있는 그리스 신화 속 님프였을까? 그리고 수염 난 신이 자신의 입술로 그녀의 입술을 덮친 것이었을까? 잠시 동안 그녀는 변모되었다. 그녀는 님프였고, 플러쉬는 판이었다. 태양이 이글거렸고 사랑이 불타올랐다. 그러나 플러쉬가 말할 수 있었다고 가정한다면—아마 아일랜드의 감자바이러스병에 관한 좀 분별 있는 말을 하지 않았을까?

플러쉬 역시 그의 내부에서 작용하는 심상찮은 마음의 동요를 느꼈다. 바렛 아가씨의 가느다란 손이 띠를 두른 탁자에서 은상자나 진주 장신구를 섬세하게 들어 올리는 것을 보았을 때, 그 자신의 털북숭이 발은 위축돼 보였고, 그것들이 열 개의 손가락으로 분리되어 있다면 얼마나 좋을까 간절히 바랐다. 그녀의 낮은 목소리에서 각 음절이 셀 수 없이 많이 나오는 것을 들었을 때, 그는 자신의 거친 포효도 그녀의 것처럼 그렇게 신비로운 의미를 지닌 약간 단조로운 소리를 낼 수 있는 날이 오기를 간절히 바랐다. 그리고 긴 막대기를 가지고 똑같은 손가락들로 하얀 종이에 무한히 줄을 긋

는 '플러쉬, 혹은 파우누스Flush, or Faunus'라는 시를 통해 자신과 플러쉬 사이에 구축된 놀라운 사랑의 순간과 사랑의 절정을 그려내었다. 이 시는 이 책의 끝부분에 등장한다.

는 것을 보았을 때, 그 역시 그녀가 했던 것처럼 종이를 검게 만들 날이 오기만을 간절히 바랐다.

그렇다 하더라도, 그녀가 했던 것처럼 그가 글을 쓸 수 있었을까?—이 질문은 불필요하게 행복하다. 왜냐하면 진실은 우리로 하여금 1842년에서 1843년 사이에 바렛 아가씨는 님프가 아니라 병자였고, 플러쉬는 시인이 아니라 레드 코커스패니얼이었다는 것을 말할 수밖에 없도록 하기 때문이다. 그리고 윔폴가는 아르카디아가 아니라 그저 윔폴가였다.

그들 사이에 아무런 특별한 조짐 없이 뒤뜰 침실에서의 오랜 시간이 흘러갔다. 계단을 지나가는 발걸음 소리만이 들렸다. 그리고 멀리서 현관문이 닫히는 소리, 빗자루로 쓰는 소리, 우체부가 문을 두드리는 소리가 들렸다. 방 안에서는 석탄이 탁탁 타는 소리를 냈고, 빛과 그림자는 다섯 개의 흐릿한 흉상의 이마 위로, 책장과 그 붉은 메리노 위로 절로 옮겨갔다. 그러나 가끔 계단의 발걸음이 문을 지나치지 않고, 바깥에서 멈췄다. 손잡이가 둥글게 돌아가는 것이 보였고, 문이 실제로 열렸다. 누군가가 들어왔다. 그때 가구가 그 모습을 바꾸는 게 얼마나 이상하던지! 소리와 냄새가 즉시 순환하면서 소용돌이치는 것은 또 얼마나 기이하던지! 탁자 다

리 둘레를 휩쓸면서 옷장의 날카로운 모서리에 부딪히는 것
은 또 얼마나 신기하던지! 아마도 그것은 음식이 담긴 쟁반
이나 약병을 든 윌슨이었을 것이다. 아니면 바렛 아가씨의 두
여동생—애러벨 혹은 헨리에타—중 한 명이었을 수도 있다.
혹은 바렛 아가씨의 일곱 남동생—찰스, 사무엘, 조지, 헨리,
알프레드, 셉티무스, 옥타비우스—중 한 명이었을 수도 있다.
그러나 일주일에 한두 번씩 플러쉬는 무언가 더욱 중요한 일
이 일어나려 하고 있다는 것을 알아챘다. 침대는 조심스럽게
소파로 위장될 것이다. 안락의자는 그 옆에 끌어당겨질 것이
고, 바렛 아가씨는 인도산 숄을 몸에 잘 맞게 감쌀 것이다.
초서와 호머의 흉상 아래에 화장 도구들이 꼼꼼하게 숨겨
져 있을 것이고, 플러쉬 자신도 빗질 되고 솔질 될 것이다. 오
후 두 시나 세 시에 특유의, 서로 뚜렷이 구별되는 문을 두드
리는 소리가 들렸다. 바렛 아가씨는 홍조를 띠고 미소 지으며
손을 내밀었다. 그런 뒤 들어올 것이다—아마도, 제라늄 한
다발을 든, 발그레하고 빛나며 재잘거리는, 사랑하는 미트포
드 아가씨일 것이다. 아니면 자애로움 넘치는 땅딸막하고 단
정한 노신사 케넌 씨가 책을 주러 온 것일 수도 있다. 혹은 어
쩌면 케넌 씨와 정반대로 보이는 귀부인인 "핏기 없는 흰 피부

에 투명한 두 눈, 얇고 몹시 창백한 입술 …… 튀어나온 코와 턱 사이가 좁은" 제임슨 부인*일 수도 있다. 그들은 저마다 고유의 태도와 냄새, 말투와 억양을 가지고 있었다. 쉴 새 없이 재잘대는 미트포드 아가씨는 들떠있으면서도 실질적이었다. 케년 씨는 점잖고 교양 있지만 앞니가 두 개 빠졌기 때문에 약간 웅얼거리듯 말했다.[2] 이가 빠진 게 하나도 없는 제임슨 부인은 말하는 만큼이나 이를 민첩하고 정확하게 움직였다.

바렛 아가씨의 발치에 웅크리고 있으면, 시시각각 목소리들이 파문을 일으켰다. 그것들은 쉬지 않고 계속 이어졌다. 바렛 아가씨는 웃음을 터뜨리다가, 타이르다가, 감탄하며 외치다가, 한숨도 쉬다가 또다시 웃음을 터뜨렸다. 마침내, 플러쉬에게는 정말 다행히도, 미트포드 아가씨와 대화하는 와중에 잠시 침묵이 왔다. 벌써 일곱 시인가요? 그녀는 정오 이후부터 거기에 있었던 것이다! 기차를 타려면 그녀는 정말로 달려가야 한다. 케년 씨는 소리 내어 읽고 있던 책을 덮고, 난로에 등을 대고 섰다. 제임슨 부인은 각으로 잰 듯 정확한 움직임으로 손가락을 장갑 안에 꼭꼭 껴 넣었다. 그리고 어느 손은 플러쉬를 톡톡 쓰다듬었고, 또 다른 손은 귀를 잡아당

*Anna Brownell Jameson(1794~1860). 더블린 출신의 작가.

겼다. 일상적인 작별은 참을 수 없을 정도로 길었다. 그러나
마침내 제임슨 부인, 케넌 씨, 그리고 미트포드 아가씨까지
도 일어났으며, 작별 인사를 했고, 무언가를 기억해냈고, 무
언가를 잃었으며, 무언가를 찾았고, 문에 이르렀고, 그것을
열었으며, 그리고 고맙게도 드디어 떠났다.

　바렛 아가씨는 하얗게 질린 채 쿠션에 풀썩 지쳐 쓰러
졌다. 플러쉬가 살금살금 그녀 가까이 다가갔다. 다행스럽게
도 그들은 다시 혼자였다. 그러나 방문객들이 너무 오랫동안
머물렀기에 저녁 시간이 거의 다 되었다. 지하층에서 냄새가
올라오기 시작했다. 윌슨이 바렛 아가씨의 저녁 식사를 쟁반
에 들고 문에 있었다. 그녀 곁의 탁자에 식사가 차려졌고, 덮
개가 들어 올려졌다. 하지만 옷을 차려입고 이야기하고, 방
의 열기와 작별의 동요로 인해 바렛 아가씨는 너무 피곤해서
입맛이 없었다. 그녀는 저녁 식사에 올려보내진 닭과 자고새
의 날개, 혹은 양 갈비를 보았을 때 살짝 한숨을 쉬었다. 윌
슨이 방에 있는 동안만큼은 그녀는 나이프와 포크를 만지작
거렸다. 그러나 곧바로 문이 닫히고 그들이 혼자가 되자, 그
녀가 신호를 보냈다. 그녀는 포크를 들었다. 닭 날개가 그것
에 찔려 꼼짝 못하게 되었다. 플러쉬가 다가갔다. 바렛 아가

씨가 고개를 끄덕였다. 아주 살살, 아주 솜씨 좋게, 단 하나
의 부스러기도 흘리지 않고 플러쉬는 날개를 떼어서 삼키고
는 뒤에 어떤 흔적도 남기지 않았다. 걸쭉한 크림으로 응고
시킨 라이스 푸딩도 같은 운명을 맞이했다. 플러쉬와의 협력
보다 더 깔끔하고 더 효과적인 것은 있을 수 없을 것이다. 그
는 평소와 같이 바렛 아가씨의 발치에 웅크린 채 있었는데,
보아하니 잠들어 있었다. 훌륭한 저녁을 먹었다는 듯 바렛 아
가씨가 누워서 쉬고 있을 때, 다시 한번 다른 누구의 것보다
더욱 육중하고 더욱 느긋하며 단호한 발걸음이 계단에 멈추
었다. 엄숙하게 문을 두드리는 소리는 부탁하는 것이 아니라
들어가겠다는 요구였다. 문이 열렸고, 안으로 새까만 차림새
의 몹시도 무시무시한 노신사가 들어왔다—바렛 씨였다. 그
의 눈이 즉시 쟁반을 훑었다. 음식을 다 먹었나? 자신의 명
령에 복종했나? 그랬다, 접시는 깨끗이 비어 있었다. 딸의 복
종이 흐뭇하다는 듯이, 바렛 씨는 그녀 옆의 의자에 힘껏 내
려앉았다. 그 어두운 몸이 다가오자 플러쉬는 두려움과 공
포로 등골이 오싹해졌다. 그렇게 천둥이 으르렁거리고 하느
님의 목소리가 들리자 야생의 그는 꽃들 사이에서 전율하며
몸을 웅크렸다. 그때 윌슨이 휘파람을 불었고, 바렛 씨가 마

치 그의 생각들과 그러한 생각들이 사악하다는 것을 읽기라
도 한 것처럼 플러쉬는 죄책감을 느끼며 슬그머니 방을 빠져
나와 아래층으로 달려갔다. 침실에 그를 몹시 두렵게 하는
강력한 사람이 들어왔다. 무력한 그가 견뎌내기에는 너무도
강력한 사람. 한번은 그가 불시에 불쑥 들어갔다. 바렛 씨는
딸 옆에서 기도하면서 무릎을 꿇고 있었다.

3부

두건을 쓴 남자

윔폴가 뒤뜰 침실에서의 이러한 교육은 평범한 개에게는 영
향을 미쳤을 것이다. 그러나 플러쉬는 평범한 개가 아니었다.
그는 활기찼지만 성찰하는 개였다. 또한 인간의 감정에도 매
우 민감했다. 그런 개에게 침실의 분위기는 특유의 힘으로
영향을 미치고 있었다. 그의 보다 엄격한 자질에 오히려 해
가 되는 감수성이 키워졌음에도 우리는 그를 나무랄 수 없
다. 그리스어 사전을 머리에 베고 누워있으면서, 자연스럽게
그는 짖는 것과 무는 것을 싫어하게 되었고, 개의 활기보다
는 고양이의 침묵과 인간과의 교감을 선호하게 되었다. 바렛
아가씨 역시 그의 능력을 훨씬 더 키우고 개선시키기 위해
최선을 다했다. 한번은 그녀가 창가에서 하프를 가져다가 그
의 옆에 놓으면서 음악을 만들어내는 하프가 그 자체로 살
아있다고 생각하는지 그에게 물었다. 그는 곰곰이 생각하면
서 쳐다보고 귀 기울이더니, 잠시 주저하는 듯 보였으나, 이
내 그렇지 않다고 결정했다. 그다음에 그녀는 그에게 거울
앞에 자신과 함께 서라고 하더니 그에게 왜 거울을 보며 짖
고 몸을 부르르 떠는지 물었다. 맞은편에 있는 작은 갈색 개
는 그 자신이 아니던가? 그러나 "자신"이 무엇인가? 사람들
이 보는 것인가? 아니면 바로 그가 그 자신인가? 플러쉬는

그 질문 역시 곰곰이 생각해 보았으나 실재에 대한 문제를 해결할 수 없어서 바렛 아가씨에게 더 바짝 들이대며 "온 마음을 담아" 입을 맞추었다. **그것**이야말로 어쨌든 실재였다.

그의 신경체계를 뒤흔드는 감정적 딜레마와 더불어 그러한 문제에서 갓 벗어난 그는 아래층으로 갔고, 그다지 놀랄 일도 아니지만, 그의—살짝 우월하고 거만함이 엿보이는—태도가 사나운 쿠바 블러드하운드인 캐틸라인의 분노를 솟구치게 해서 그를 기습하고 물어뜯었고, 그로 하여금 위층에 있는 바렛 아가씨에게 동정을 호소하며 울부짖게 만들었다. 플러쉬는 "영웅이 아니"라고 그녀는 결론지었다. 그런데 왜 영웅이 아니었을까? 어느 정도는 그녀에게 책임이 있지 않을까? 그가 태양과 공기를 희생했던 것이 그녀를 위해서였듯이, 그가 용맹스러움을 희생한 것이 그녀를 위해서였다는 것을 너무도 공정한 그녀는 깨닫지 않을 수가 없었다. 이 불안한 감수성에는 분명히 문제가 있게 마련이다. 초인종 줄에 발이 걸려 휘청거리는 케넌 씨에게 덤벼들어 물었을 때 그녀는 진심으로 사죄해야 했다. 침대에서 자는 것을 허락하지 않자 밤새도록 구슬프게 신음소리를 냈을 때, 그녀가 먹여주지 않으면 먹기를 거부했을 때도 짜증이 났다. 그러나 그녀는 책임을 지고 불편을 안고 가기로 했다. 어쨌거나 결국 플러쉬는 그녀를 사랑했기 때문이다. 그는 그녀를 위해 공기와 태양을 거부했다. "그는 사랑받을 자격이 있어요, 그렇지 않아요?" 그녀는 혼 씨에게 물었다. 그리고 혼 씨가 어떤 대답을 줬든 간에 바렛 아가씨는 자신의 그런 생각에 대해 긍정적이었다. 그녀는 플러쉬를 사랑했고, 플러쉬는 그녀의 사랑을 받을 자격이 있었다.

그들의 유대를 깰 수 있는 것은 아무것도 없는 것처럼 보였다. 세월은 그저 그것을 단단히 다지고 견고하게 하라고 존재하는 것 같았고, 마치 그러한 세월이 그들의 자연적 삶의 모든 해인 것 같았다. 1842가 1843으로 바뀌었다. 1843은 1844로, 1844는 1845로 바뀌었다. 플러쉬는 더 이상 강아지가 아니었다. 그는 너덧 살 먹은 개였고, 삶의 전성기를 맞고 있었다. 그리고 여전히 바렛 아가씨는 윔폴가의 소파에 누워있었고, 여전히 플러쉬도 소파 위 그녀의 발치에 누워있었다. 바렛 아가씨의 삶은 "새장 속의 새"의 삶이었다. 그녀는 때때로 몇 주 동안 집에만 틀어박혀 있었고, 집을 나갈 때도 겨우 한두 시간 정도였는데, 마차를 타고 상점으로 가거나 바퀴 달린 환자용 의자에 앉아 리젠트파크를 돌곤 했다. 바렛의 가족들은 전혀 런던을 벗어나지 않았다. 바렛 씨와 일곱 명의 남동생들, 두 여동생들, 집사, 윌슨과 하녀들, 캐틸라인, 폴리, 바렛 아가씨와 플러쉬 모두가 윔폴가 50번지에 살며, 1월에서 12월까지 내내 식당에서 먹고, 침실에서 자고, 서재에서 시가를 피우고, 부엌에서 요리를 하며, 뜨거운 물통을 나르고, 오물을 비웠다. 의자 덮개가 약간 더러워졌고, 카펫이 약간 닳았고, 석탄 가루와 진흙, 그을음, 먼지, 시가 연기와 포도주 향, 고기 냄새가 틈새와 금이 간 곳에, 천에, 액자 윗부분에, 소용돌이무늬 조각품들에 서서히 쌓여갔다. 그리고 바렛 아가씨의 침실 창문에 매달려있던 담쟁이덩굴이 무성해지면서 그 녹색의 커튼은 더욱더 두툼해졌으며, 여름에는 한련화와 강낭콩이 창문 화단에서 함께 만발했다.

그러던 1845년 1월 초 어느 저녁, 우편배달부가 문을 두드렸다. 평소대로 편지들이 우편함에 떨어졌다. 평소대로 윌슨은 편지를 가져오려고 아래층으로 내려갔다. 모든 것이 평소대로였다─매일 밤 우편배달부가 문을 두드렸고, 매일 밤 윌슨이 편지들을 가지고 왔으며, 매일 밤 바렛 아가씨에게 오는 편지가 한 통 있었다. 그러나 오늘 밤의 편지는 같은 편지가 아니었다. 그것은 다른 편지였다. 봉투가 뜯기기도 전에 플러쉬는 그것을 알았다. 그는 바렛 아가씨가 그것을 움켜쥐고, 앞뒤로 돌려보고, 그녀의 이름이 힘차고 들쭉날쭉하게 쓰여진 것을 바라보는 방식에서 알았다. 그는 그녀의 손가락들이 형언할 수 없을 정도로 떠는 것에서, 봉투 덮개를 찢을 때 손가락들의 그 격렬함에서, 그녀가 읽을 때 몰입하는 것에서 그것을 알았다. 그는 그녀가 읽는 것을 지켜보았다. 우리가 잠결에 거리에서 울려 퍼지는 시끄러운 종소리를 들으면서, 희미하지만 놀라울 정도로, 그것이 우리에게 마치 멀리 떨어진 누군가가 화재나 강도, 혹은 위협적인 존재가 우리의 평화를 위협한다는 경각심을 불러일으켜서 잠에서 깨기 전에 기겁하게 하려는 것처럼, 바렛 아가씨가 그 작고 얼룩진 종이를 읽는 동안 플러쉬는 그의 안전을 위협하는 위험에 대해 경고하며 더 이상 잠들지 말라고 명령하는 듯한, 잠을 깨우는 종소리를 들었다. 바렛 아가씨는 단숨에 편지를 읽어내려갔고, 그러고는 천천히 다시 읽었다. 그녀는 조심스럽게 그것을 봉투에 집어넣었다. 그녀 역시 더 이상 잠을 이루지 못했다.

　　다시, 며칠 밤 지난 뒤, 윌슨의 쟁반에 같은 편지가 있었다. 다시, 그것은 단숨에 읽혔다가, 천천히 읽히고, 몇 번이고 반복해서 읽혀졌다. 그러고 나서 그것은 미트포드 아가씨의 수많은 편지들이 들어 있는 서랍이 아니라 별도의 서랍에 조심스럽게 집어넣어졌다. 이제 플러쉬는 바렛 아가씨의 발치에 있는 쿠션에 웅크리고 있으면서 오랜 세월에 걸쳐 축적된 감수성에 대한 대가를 톡톡히 치르고 있었다. 그는 어느 누구도 볼 수조차 없었던 징조를 읽을 수 있었다. 그는 바렛 아가씨의 손가락의 감촉만으로도 그녀가 기다리고 있는 오직 한 가지를 분간할 수 있었다. 그것은 우편배달부가 문을 두드리는 소리였고, 쟁반 위의 편지였다. 그녀는 가볍고 규칙적으로 그를 쓰다듬었고, 그러다 갑자기 똑똑 두드리는 소리가 나면 손가락들이 오므라들었으며, 윌슨이 위층으로 올라오는 동안 그녀는 그를 꽉 움켜쥐었다. 그녀가 편지를 받아들고 나면, 그는 풀려났으며 잊혀졌다.

그렇지만 바렛 아가씨의 삶에 변화가 없는 한, 두려워할 게 뭐람? 그는 따져보았다. 그리고 변화는 없었다. 새로 오는 방문객은 없었다. 평소대로 케년 씨가 왔고, 평소대로 미트포드 아가씨도 왔다. 형제자매들이 왔고, 저녁에는 바렛 씨가 왔다. 그들은 아무것도 알아차리지 못했고, 아무것도 의심하지 않았다. 그래서 그는 스스로를 진정시키며 봉투 없

는 며칠 밤이 지나갔을 때 적이 사라졌다고 믿으려 했다. 고
깔 모양의 두건이 달린 망토를 입은 한 남자가 밤도둑처럼
문을 덜거덕거리며 지나치다가 문단속이 되어 있는 것을 알
고는 무산되어 슬그머니 도망쳤다고 그는 상상했다. 이제 위
험은 끝났다고, 그는 애써 믿으려고 했다. 그 남자는 가 버렸
다. 그러던 어느 날, 편지가 다시 왔다.

　　봉투가 매일 밤마다 점점 더 규칙적으로 오면서, 플러쉬
는 바렛 아가씨의 변화의 징조에 주목하기 시작했다. 플러쉬
의 경험상 처음으로, 그녀는 안달 났고 들떠 있었다. 그녀는
읽을 수도 없었고 쓸 수도 없었다. 그녀는 창가에 서서 바깥
을 바라보았다. 그녀는 수심에 차서 윌슨에게 날씨에 대해 물
었다. 바람이 아직도 동쪽에 있을까? 리젠트파크에 이제 봄
이 온다는 어떤 징조가 있어? 오, 아뇨. 윌슨이 대답했다. 바
람은 아직도 잔인한 동풍인 채였다. 바렛 아가씨는 안도하면
서도 짜증이 났다고, 플러쉬는 느꼈다. 그녀는 기침을 했다.
그녀는 몸이 아프다고 불평했지만 바람이 동쪽에 있을 때 보
통 느꼈던 것만큼 아프지는 않았다. 그러다 혼자 있을 때면
간밤의 편지를 처음부터 다시 읽었다. 그것은 그녀가 이제까
지 가지고 있던 것 중 가장 긴 편지였다. 여러 페이지들이 빽

빽이 차 있었고, 거무스름하게 얼룩져 있었으며, 괴상하면서
도 작고 생뚱맞은 상형문자들이 널려있었다. 그녀의 발치에
있었으므로 플러쉬는 그 위치에서 볼 수 있는 것이 그만큼
많았다. 그러나 그는 바렛 아가씨가 혼자 나직하게 중얼거리
는 말을 도무지 이해할 수 없었다. 맨 마지막 장에 이르러 그
녀가 소리 내어 읽었을 때 (비록 이해할 순 없지만) 그는 단
지 그녀의 마음의 동요를 추적할 수 있을 뿐이었다. "두 달이
나 석 달 후에는 당신을 만날 수 있을까요?"

그런 다음 그녀는 펜을 들고 한 장 한 장 다급하고 초
조하게 써내려갔다. 그런데 바렛 아가씨가 쓴 몇 마디 이 말
은 무슨 뜻일까? "4월이 오고 있어요. 계속 살아있다면 곧 5
월이 오고, 6월이 오는 것도 보게 되겠지요. 그리고 어쩌면
결국 우리는⋯⋯. 날씨가 따뜻해져서 제가 조금이라도 회복
되었을 때, 저는 정말로 당신을 보고 싶어요. 하지만 처음에
는 당신을 두려워할지도 몰라요—이렇게 쓰는 동안에는 그
렇지 않지만요. 당신은 파라켈수스*이고 저는 극도의 신경쇠

---

*Paracelsus(1493~1541). 의사이자 연금술사로 이십 대 중반에 자신의 이름을
파라켈수스라고 바꾸었는데, 파라켈수스란 '켈수스Celsus를 넘어선다'는 의미
로, 켈수스는 1세기 무렵에 활동한 로마의 명의였다. 1835년 로버트 브라우닝
은 『파라켈수스』라는 장편시를 발표한 적이 있다.

약으로 고통스러워하는 은둔자**이며, 한 발자국 내딛거나 숨 한번 내쉬기에도 떨려서 간신히 매달리듯 살 뿐입니다."

　　그녀가 쓰고 있는 것을 플러쉬의 머리로는 단 한 글자도 읽을 수 없었다. 그러나 그는 마치 모든 낱말을 읽을 수 있기라도 하듯, 그의 여주인이 편지를 쓰는 동안 얼마나 이상하리만치 동요했는지를 알고 있었다. 정반대의 욕망이 그녀를 흔들고 있었다─4월이 온다면. 아니, 4월은 오지 않을지도 몰라. 그녀는 이 미지의 남자를 당장 만날 수도 있고, 영영 보지 못할 수도 있다. 플러쉬 역시 그녀처럼 한 발자국 내딛기에도, 숨 한번 내쉬기에도 떨렸다. 그렇게 무자비한 날들이 흘러갔다. 바람에 블라인드가 휘날렸다. 햇빛이 흉상들을 더 하얗게 만들었다. 마구간 둥지에서 새가 지저귀었다. 사람들이 윔폴가에서 생생한 꽃들을 사라고 외쳐댔다. 이 모든 소리는 4월이 다가오고 있으며 5월과 6월이 다가옴을 의미한다는 것을 그는 알았다. 저 끔찍한 봄의 접근을 멈출 수 있는 것은 아무것도 없었다. 봄과 함께 무엇이 올 것인가? 바렛 아가씨가 무서워하는 어떤 두려운 것, 공포스러운 것, 게다가 플러쉬 역시 무서워하는 그것. 그는 이제 발걸음 소리

**영어로 recluse. 앞선 파라켈수스와 운율을 맞춘 것으로 보인다.

에도 움찔했다. 그러나 그것은 헨리에타일 뿐이었다. 그 뒤
문을 두드리는 소리가 있었다. 케넌 씨일 뿐이었다. 그렇게
4월이 지나갔고, 5월의 첫 20일도 지나갔다. 그런 다음 5월
21일에 플러쉬는 그날이 오고야 말았다는 것을 알았다. 5월
21일은 화요일이었고 바렛 아가씨는 거울 속을 꼼꼼하게 살
피면서 인도산 숄을 우아하게 두르고는, 윌슨에게 안락의자
를 가까이에 끌어오라고 시키더니 너무 가까이는 안 된다면
서, 이곳, 저곳, 또 다른 곳을 만지더니 쿠션 사이에 꼿꼿하게
앉았다. 플러쉬는 긴장하며 그녀의 발치에 웅크리고 있었다.
그들은 단둘이서 기다렸다. 드디어 매릴본 교회의 시계가 두
시를 쳤고, 그들은 기다렸다. 그 뒤 매릴본 교회의 시계가 한
번만 쳤다. 두 시 반이었다. 그리고 그 한 번의 타종이 잦아
들 때쯤 현관문을 과감하게 쾅쾅 두드리는 소리가 났다. 바
렛 아가씨는 안색이 창백해졌지만, 그대로 가만히 있었다. 플
러쉬 역시 그대로 가만히 있었다. 위층으로 그 무서운, 거침
없는 발소리가 올라왔다. 한밤중에 두건을 쓴 불길한 모습의
남자가 위층에 왔다는 것을 플러쉬는 알았다. 이제 그의 손
이 문에 닿았다. 손잡이가 돌려졌다. 거기에 그가 서 있었다.

"브라우닝 씨가 오셨습니다," 윌슨이 말했다.

플러쉬는 바렛 아가씨의 얼굴에 화색이 돌고 그녀의 두 눈에서는 빛이 나며 그녀의 입술이 벌어지는 것을 지켜보았다.

"브라우닝 씨!" 그녀가 외쳤다.

말쑥한 차림새의 브라우닝 씨는, 능수능란하게, 손에서 노란 장갑을 벗겨내면서[3], 눈을 깜박이면서, 무뚝뚝하게 방을 가로질러 성큼성큼 걸어왔다. 그는 바렛 아가씨의 손을 잡은 채 그녀가 있는 소파 옆의 의자에 앉았다. 그 즉시 그들은 이야기하기 시작했다.

그들이 이야기하는 동안 플러쉬에게 끔찍한 것은 외로움이었다. 그는 자신과 바렛 아가씨가 불이 지펴진 동굴에 함께 있다고 느꼈었다. 이제 동굴은 더 이상 불이 지펴져 있지 않았고, 어둡고 축축했으며, 바렛 아가씨는 바깥에 있었다. 그는 주위를 둘러보았다. 모든 것이 변해 있었다. 책장과—더 이상 만족스럽게 주재하지 않는 친밀한 신들인—다섯 개의 흉상들은 가혹한 이방인들이었다. 그는 바렛 아가씨의 발치에서 자세를 바꾸었다. 그녀는 안중에도 두지 않았다. 그는 낑낑거렸다. 그들은 그의 소리를 듣지 않았다. 결국 그는 긴장과 침묵의 고통 속에 누워있었다. 그들은 대화를 계속했지만, 여느 일상적인 대화처럼 잔잔하게 흘러 파문을 일으키

는 것이 아니었다. 느닷없이 튀어나오는가 하면 툭 내뱉어졌
다. 멈추었다가는 또다시 느닷없이 튀어나왔다. 플러쉬가 바
렛 아가씨의 목소리에서 결코 들어본 적이 없는—저 활기찬,
저 흥분된, 목소리. 그녀의 뺨은 그토록 환하게 빛나는 것을
본 적이 없을 정도로 환했고, 그녀의 커다란 두 눈은 그토록
타오르는 것을 본 적이 없을 정도로 타올랐다. 시계가 네 시
를 쳤고, 그들은 여전히 이야기를 나누고 있었다. 그 뒤 네
시 반을 쳤다. 그때 브라우닝 씨가 벌떡 일어섰다. 모든 움직
임이 무서울 정도의 과감함과 지독한 결단력을 나타내고 있
었다. 이내 그는 바렛 아가씨의 손을 꽉 움켜잡았고, 모자와
장갑을 꼈으며, 작별 인사를 했다. 그들은 그가 계단을 뛰어
내려가는 소리를 들었다. 문이 그 뒤에서 재빨리 쾅 하고 닫
혔다. 그는 떠났다.

　하지만 바렛 아가씨는 케넌 씨나 미트포드 아가씨가 떠
났을 때 털썩 주저앉듯이 쿠션에 털썩 주저앉지 않았다. 그
녀는 여전히 곧게 앉아있었고, 두 눈은 여전히 타올랐으며,
뺨은 여전히 빛났다. 그녀는 브라우닝 씨가 여전히 함께 있
다고 느끼는 것 같았다. 플러쉬가 그녀를 살짝 건드렸다. 그
녀는 화들짝 놀라며 그를 기억해냈다. 그녀는 그의 머리를

가볍게, 기쁨에 차서, 토닥거렸다. 그리고 미소를 띠면서, 그
에게 무척이나 묘한 표정을 지었다. 마치 그가 말할 수 있기
를 바라는 것처럼. 마치 그 역시 그녀가 느낀 것을 느끼기를
기대하는 것처럼. 그러고 나서 그녀는 측은히 여기며, 터무
니없는 생각이었다는 듯 우스워했다. 플러쉬, 가련한 플러
쉬는 그녀가 느낀 것을 하나도 느낄 수 없었다. 그는 그녀가
알고 있는 것을 조금도 알 수 없었다. 그들을 분리시키는 그
러한 암담한 거리감으로 인해 비탄에 빠진 적이 결코 없었
다. 그곳에 있다는 것조차 모르는 듯 그는 무시당한 채 내버
려져 있었다. 그녀는 더 이상 그의 존재를 기억하지 못했다.

　　그리고 그날 밤 그녀는 닭고기를 뼈째 먹었다. 감자나 닭
껍질 부스러기 하나도 플러쉬에게 던져지지 않았다. 바렛 씨
가 평소대로 왔을 때, 플러쉬는 그의 둔감함에 놀랐다. 그는
그 남자가 앉았던 바로 그 의자에 앉았다. 그의 머리가 그
남자의 머리를 받쳤던 것과 똑같은 쿠션을 받쳤는데도 그는
아무것도 알아채지 못했다. "누가 그 의자에 앉아있었는지
몰라요? 그의 냄새를 맡을 수 없어요?" 플러쉬는 경탄했다.
플러쉬에게는 그 방 전체에서 여전히 브라우닝 씨의 존재의
냄새가 강하게 나고 있었다. 그의 공기가 책장을 맹렬히 지

나, 다섯 개의 창백한 흉상의 머리 주위를 소용돌이치며 휘
감고 있었다. 그러나 자기 딸 옆에 앉은 그 육중한 남자는 완
전히 자신한테 몰입해 있었다. 그는 아무것도 알아채지 못했
다. 그는 아무것도 의심하지 않았다. 그의 둔감함에 경악하
며 플러쉬는 그를 슬쩍 지나쳐 방에서 나왔다.

  그러나 그들의 믿을 수 없을 정도의 맹목성에도 불구하
고, 몇 주가 지나면서 바렛 아가씨의 가족조차도 그녀의 변
화를 알아차리기 시작했다. 그녀는 방에서 나와 응접실에 앉
으려고 내려갔다. 그런 다음 그녀는 오랫동안 하지 않았던
것을 했다. 정말로 여동생과 함께 데번셔 플레이스 입구까지
직접 걸어간 것이었다. 그녀의 친구들과 가족은 그녀가 호전
된 것에 놀랐다. 그러나 플러쉬만이 그 힘이 어디에서 왔는
지 알고 있었다. 그것은 안락의자에 있는 미지의 남자에게서
나온 것이었다. 그는 오고 또 오고 또 왔다. 처음에는 일주일
에 한 번 오더니 일주일에 두 번이 되었다. 그는 항상 오후에
와서 오후에 떠났다. 바렛 아가씨는 항상 그를 혼자 만났다.
그리고 그가 오지 않은 날에는 그의 편지가 왔다. 그리고 그
가 떠났을 때에는, 그의 꽃이 거기에 있었다. 그리고 혼자 있
는 아침에 바렛 아가씨는 그에게 편지를 썼다. 검은색 머리

에 뺨이 붉은, 노란 장갑을 낀 저 비밀스럽고, 말쑥하며, 무
뚝뚝하고, 활기찬 남자는 도처에 있었다. 자연스럽게 바렛 아
가씨는 더 좋아졌고, 물론 걸을 수도 있었다. 플러쉬는 가만
히 누워있는 것이 불가능하다고 느껴졌다. 오래된 갈망이 되
살아났고, 새로운 동요가 그를 사로잡았다. 잠자는 동안조차
도 꿈에 흠뻑 빠졌다. 그 옛날 쓰리마일크로스 이래 꾸지 않
았던 꿈들을 꾸었다. 길쭉한 풀숲에서 뛰는 산토끼들을 시
작으로, 긴 꼬리를 이리저리 흔들며 일직선으로 날아오르는
꿩들, 그루터기에서 짹짹거리며 솟아오르는 자고새들에 대한
꿈을. 그는 자신을 피해 도망치고 달아나는 점박이 스패니
얼들을 쫓고 사냥하는 꿈을 꾸었다. 그는 스페인에 있었고,
웨일스에 있었고, 버크셔에 있었다. 그는 리젠트파크에서 공
원관리인의 곤봉으로부터 달아나고 있었다. 그때 그는 눈을
떴다. 산토끼들도, 자고새들도 없었다. 휘두르는 채찍도 없었
고, "스팬! 스팬!"이라고 외치는 흑인 남자들도 없었다. 소파
에 있는 바렛 아가씨에게 안락의자에 앉아 이야기하는 브라
우닝 씨만 있을 뿐이었다.

   그 남자가 거기에 있는 동안은 잠자는 것이 불가능해졌
다. 플러쉬는 누워서 눈을 크게 뜨고 귀 기울였다. 때때로 일

주일에 세 번씩 두 시 반에서 네 시 반까지 그의 머리 위로
오가는 담소는 비록 전혀 이해할 수 없었지만, 말의 어조가
변하고 있다는 것은 아주 정확하게 감지할 수 있었다. 바렛
아가씨의 목소리는 처음엔 억지로 부자연스러울 정도로 명
랑했었다. 이제 거기엔 그가 전에 한 번도 들어 보지 못했던
따뜻함과 편안함이 더해졌다. 그리고 그 남자가 올 때마다
그들의 목소리에는 어떤 새로운 소리들이 들어왔다. 이제 그
들은 기괴하게 재잘재잘 지저귀었고, 그 소리들은 날개를 활
짝 펴고 나는 새처럼 플러쉬 위를 스치며 날아갔다. 이젠 아
예 마치 두 마리의 새가 둥지를 튼 것처럼 정답게 구구거렸
다. 그런 다음 바렛 아가씨의 목소리가 다시 날아오르며 공
중에서 솟구쳐 빙빙 돌았다. 그러면 브라우닝 씨는 귀에 거
슬리는 웃음소리를 터뜨리며 드높이 짖어댔다. 그런 다음에
는 두 개의 목소리가 합쳐지면서 조용히 윙윙거리며 소곤대
는 소리만 있을 뿐이었다. 그러나 여름이 가을로 바뀌면서
플러쉬는 지독한 불안과 더불은 또 다른 어조에 주목했다.
그 남자의 목소리에는 바렛 아가씨가 겁을 먹을 만한 새로
운 다급함과 새로운 중압감, 힘이 실려있다고 플러쉬는 느꼈
다. 그녀의 목소리는 흔들리고 있었고 망설이고 있었다. 불

안한 듯, 약해지는 듯, 애원하는 듯, 숨 막히는 듯, 마치 그녀
가 두려움 때문에 쉬거나 잠시 멈추기를 갈망하는 듯. 그러
자 남자는 침묵했다.

　그들은 그를 거의 신경 쓰지 않았다. 브라우닝 씨가 그
에게 주는 관심으로 보건대, 그는 어쩌면 바렛 아가씨의 발
치에 놓인 통나무였을지도 모른다. 때때로 브라우닝 씨는 그
를 지나치면서 아무런 감정 없이 빠르고 돌발적인 방식으로
활기차게 그의 머리를 문질렀다. 그 문지름이 무엇을 의미하
든, 플러쉬는 브라우닝 씨에 대한 극심한 반감만 느낄 뿐이
었다. 몹시도 잘 맞춘, 몹시도 꼭 맞는, 몹시도 근육질인 그
의 손에 있는 노란 장갑을 비트는 것을 보는 것만으로도 그
의 이빨은 안달이 났다. 오! 그의 바지 천 속을 이빨로 날카
롭고 완벽하게 물어뜯을 수만 있다면! 그러나 감히 그럴 엄
두는 나지 않았다. 모든 것을 고려했을 때, 1845년에서 1846
년이 되는 그해 겨울은 플러쉬가 지금까지 알았던 것 중에
서 가장 고통스러웠다.

　겨울이 지나갔고, 봄이 다시 돌아왔다. 플러쉬는 그 열
애의 끝을 볼 수 없었다. 하지만 강물이 고요히 서 있는 나
무와 풀 뜯는 소, 나무 꼭대기로 돌아오는 떼까마귀들을 비

추면서도 필연적으로 폭포로 흐르는 것처럼, 그러한 날들이
재앙으로 옮겨가고 있다는 것을 플러쉬는 알았다. 변화의 풍
문이 허공에 떠돌았다. 때때로 그는 어떤 대탈출이 임박했다
고 생각했다. 집 안에는 무슨 일이 있기 전의 설명할 수 없는
동요가 일고 있었다―여행, 과연 그게 가능할까? 실제로 상
자들에 쌓인 먼지를 털었고, 믿을 수 없게도, 상자들이 열렸
다. 그런 뒤 다시 그것을 닫았다. 아니, 떠나려고 하는 것은
가족이 아니었다. 형제자매들은 평소와 같이 들락날락했다.
그 남자가 가고 나면 바렛 씨는 밤마다 늘 같은 시간에 방에
들렀다. 그렇다면 이제 막 벌어지려고 하는 것은 무슨 일일
까? 1846년의 여름이 지나가고 있을 때, 플러쉬는 변화가 다
가오고 있다는 것을 확신했다. 그는 불멸의 목소리의 달라
진 소리를 다시 들을 수 있었다. 애원하고 두려워했던 바렛
아가씨의 목소리가 그 흔들리고 더듬거리는 어조를 잃고 있
었다. 그것은 플러쉬가 전에 한번도 들어 본 적이 없었던 결
단력과 과감함이 울려 퍼지는 목소리였다. 그녀가 강탈자를
반색할 때의 그 음색과, 그를 맞이할 때의 그 웃음소리와, 그
가 그녀의 손을 꽉 잡을 때의 그 감탄하는 소리를 바렛 씨가
들을 수만 있다면! 그러나 그 방에는 플러쉬를 제외하고는

아무도 없었다. 그에게 그 변화는 가장 짜증 나는 성질의 것
이었다. 그것은 단지 바렛 아가씨가 브라우닝 씨를 향해 변
화하고 있다는 것만이 아니었다. 그녀는 모든 관계에서 변화
하고 있었으며, 플러쉬 자신을 향한 그녀의 감정도 그랬다.
그녀는 그의 접근을 더 퉁명스럽게 대했고, 그의 애정 표현
을 실소하며 가로막아 버렸다. 그녀는 그로 하여금 그의 오
래된 애정 방식이 하찮고 어리석고 가장된 것이라고 느끼게
했다. 그의 공허함이 악화되었다. 그의 질투심이 걷잡을 수
없게 되었다. 7월이 왔을 때 마침내 그는 그녀의 총애를 다
시 받고, 또 어쩌면 신참자를 몰아내기 위해서라도, 폭력적
인 시도를 한 가지 하기로 결심했다. 이 이중의 목적을 어떻
게 달성해야 할지 딱히 방법이 떠오르지 않았기에, 그는 계
획을 세울 수 없었다. 그러나 갑작스럽게 7월 8일 날, 그는 감
정을 이기지 못했다. 그는 브라우닝 씨를 향해 몸을 날려 사
납게 물었다. 마침내 그의 이빨이 브라우닝 씨 바지의 티 하
나 없이 깨끗한 천에 맞닿았다! 그러나 그 안의 다리는 쇳덩
이처럼 단단했다. 비교하자면 케넌 씨의 다리는 버터였다. 브
라우닝 씨는 손으로 가볍게 쳐내면서 무시하더니 이야기를
계속했다. 그도 바렛 아가씨도 그 공격이 별로 신경 쓸 가치

가 있다고 생각하는 것 같지 않았다. 그의 피복에 날카로운
공격 한 번 날리지 못한 채 완전히 풀이 죽고 기가 꺾인 플러
쉬는 분노와 실망감에 헐떡이며 쿠션에 털썩 기대었다. 그러
나 그는 바렛 아가씨의 통찰력을 잘못 판단했었다. 브라우
닝 씨가 가고 없을 때, 그녀는 그를 불렀고 그가 여태껏 알고
있던 것 중에 최악의 형벌을 내렸다. 처음에 그녀는 그의 귀
를 철썩 때렸는데, 그것은 아무것도 아니었다. 기이하게도 그
렇게 때리는 것은 오히려 그가 좋아하는 것이었다. 그는 또
때리는 것도 환영했을 것이다. 그런데 그러고 나서 그녀는 냉
정하고 단호한 어조로 그를 다시는 사랑하지 않겠노라고 말
했다. 그 공격은 그의 마음을 관통했다. 그들이 함께 살아왔
고, 모든 것을 함께 나누었던 세월이 얼마인데, 이제, 단 한
순간의 실수로 인해 그녀가 그를 다시는 사랑하지 않겠단다.
그런 뒤, 퇴짜 놓았다는 것을 마무리하려는 듯, 그녀는 브라
우닝 씨가 가져온 꽃들을 가져오더니 물이 담긴 꽃병에 그것
들을 꽂기 시작했다. 그것은 의도적으로 계산된 악의적인 행
동이라고 플러쉬는 생각했다. 스스로 얼마나 하찮은 존재인
지를 철저히 느끼게 하기 위한 행동. "이 장미는 그가 준 것"
이라고 말하는 것 같았다. "그리고 이 카네이션도. 붉게 빛나

는 것은 노란색 옆에, 또 노란 것은 붉은색 옆에 꽂아야지.
녹색의 이파리는 저기에 두고—." 그리고 꽃을 한 송이씩 꽂
으면서 그녀는 마치 그—노란 장갑을 낀 그 남자—가 그녀
앞에 있는 것처럼 눈부신 꽃다발을 물러서서 뚫어지게 바라
보았다. 그러나 그렇다 할지라도, 심지어 그녀가 꽃들과 이파
리들을 함께 꽂을 때조차도, 그녀에게 고정된 플러쉬의 시선
을 전적으로 무시할 수는 없었다. 그녀는 "그의 얼굴에 보이
는 더없이 절망적인 표정"을 부정할 수 없었다. 그녀는 누그
러질 수밖에 없었다. "결국 전 말했어요. '네가 착한 애라면,
플러쉬, 와서 미안하다고 말해도 돼.' 그러자 그가 방을 가로
질러 달려와서는, 온몸을 덜덜 떨면서, 먼저 내 한쪽 손에다
키스하고는 또 다른 한쪽에 키스하고, 발을 들어 흔들어대면
서 간절히 애원하는 듯한 눈빛으로 내 얼굴을 들여다보는데,
당신이라도 저처럼 분명히 용서했을 거예요." 그것은 브라우
닝 씨에게 일으켰던 문제에 대한 그녀의 해명이었다. 그리고
그는 물론 답장했다. "오, 가여운 플러쉬. 그가 질투심에 사
로잡혀 나를 감시하는 것 때문에 내가 그를 사랑하고 존중
하지 않는다고 생각하나요? 한때 당신을 알아가는 데 오래
걸렸던 것처럼 다른 사람을 알아가는 데 오래 걸린다는 것

때문에?" 브라우닝 씨에게 있어 도량이 넓어지는 것은 아무 것도 아니었으나, 그 넓은 도량은 플러쉬의 옆구리를 찌르는, 어쩌면 가장 날카로운 가시였을 것이다.

　며칠 뒤에 일어난 또 다른 사건은 그토록 가까웠던 그들이 얼마나 멀리 분리되었는지, 이제는 플러쉬가 바렛 아가씨에게 얼마나 연민을 기대할 수 없는지를 보여주었다. 브라우닝 씨가 떠난 어느 오후 바렛 아가씨는 여동생과 함께 리젠트파크에 마차를 타고 가기로 마음먹었다. 공원 입구에서 내릴 때 플러쉬의 발이 사륜마차의 문에 끼었다. 그는 "애처롭게 울면서" 바렛 아가씨에게 동정심을 구하려고 발을 들어 보였다. 예전에는 대수롭지 않은 일에도 동정심이 넘쳐흘렀었다. 그러나 이제는 그녀의 눈에 무심함과 조롱과 비난의 표정이 섞여 있었다. 그녀는 그를 보며 비웃었다. 그녀는 그가 엄살을 피우고 있다고 생각했다. "…… 풀밭에 닿자마자 그는 발에 대해 생각할 겨를도 없이 뛰기 시작했어요"라고 그녀는 썼다. 그러고는 비꼬는 투로 언급했다. "플러쉬는 항상 자신의 불행을 최대한 활용하죠. 바이런*과 같은 부류라고나 할까요, 피해자연 하죠." 그러나 여기서 자신의 감정에 몰입한 바렛 아가씨는 그를 완전히 잘못 판단했다. 발목이 부

러졌어도 그는 여전히 풀쩍풀쩍 달려나갔을 것이다. 그 질주
는 그녀의 조롱에 대한 응답이었던 것이다. 당신과는 절교다,
라는—그것이 그가 달려가면서 그녀에게 내비쳤던 의미였다.
꽃 향기는 그에게 쓰디썼고, 풀밭은 그의 발을 불에 덴 듯 화
끈거리게 했으며, 먼지는 그의 콧구멍을 환멸로 채웠다. 그러
나 그는 질주했고, 날쌔게 움직였다. "개들은 반드시 목줄로
묶으시오"라는 일상적인 플래카드가 있었고, 그것을 단속하기
위한 공원관리인들이 실크모자를 쓰고 곤봉을 들고 있었다.
그러나 "반드시"는 그에게 더 이상 어떤 의미도 없었다. 사랑
의 사슬은 끊어졌다. 그는 그가 가고 싶은 곳으로 달려갔고,
자고새들을 뒤쫓으며, 스패니얼들을 추격하며, 달리아가 피
어있는 꽃밭 한가운데로 뛰어들었고, 눈부시게 빛나는 붉고
노란 장미들을 짓밟아버렸다. 공원관리인들이 곤봉으로 내
동댕이치겠다고 한다면 그리 하라지. 그들이 대가리를 바수
도록 하라지. 바렛 아가씨의 발치에 내장이 다 터진 채 나동
그라져 있을 테니. 그는 아무것도 개의치 않았다. 그러나 당

*방탕했던 아버지와 신경증적인 어머니 밑에서 자랐기 때문일까. 바이런은
딸에게 지독히도 가혹하게 굴었다. 그러나 애견인 보우선boatswain에게만은
과하리만치 애정을 품고 있어서, 후에 보우선이 광견병에 걸려 죽자, 그는 무
덤에 '어느 개에게 바치는 비문'이라는 시를 바쳤다.

연히 그런 종류의 일은 일어나지 않았다. 아무도 그를 쫓지 않았고, 아무도 그를 주목하지 않았다. 홀로 있던 공원관리인은 아이를 돌보는 보모와 이야기하고 있었다. 마침내 그는 바렛 아가씨에게 돌아갔고, 그녀는 건성으로 그의 목에 목줄을 끼우고는 집으로 데리고 갔다.

　　그러한 두 가지 굴욕 후에는 평범한 개의 정신, 심지어 평범한 인간의 정신조차도 당연히 깨졌을 것이다. 그러나 플러쉬는 비단결 같이 부드러웠음에도 불구하고 불타오르는 눈을 가지고 있었고, 빛나는 불꽃 속에서만이 아니라 가라앉거나 약해지는 불꽃 속에서도 뛰어오르는 열정을 가지고 있었다. 그는 적의 얼굴을 직접 홀로 대면해야겠다고 결심했다. 제삼자는 이 최후의 전투에 개입해서는 안 된다. 결투의 장본인들이 혼자서 싸워내야 하는 것이다. 그리하여 7월 21일 화요일 오후, 그는 아래층으로 슬며시 가서 복도에서 기다렸다. 오래 기다릴 필요도 없었다. 곧바로 그는 거리에서 저벅저벅 걷는 익숙한 발걸음 소리를 들었고, 문을 쿵쿵 두드리는 익숙한 소리를 들었다. 브라우닝 씨가 입장했다. 임박한 공격을 어렴풋하게나마 알아차리고 최대한 회유하려는 마음가짐으로 만나려고 결심했는지 브라우닝 씨는 케이크가 든 상자를 준비해 왔다. 복도에서 플러쉬가 기다리고 있었다. 브라우닝 씨는 명백히 좋은 의미로 그를 쓰다듬기 위한 시도를 했고, 어쩌면 케이크까지 줄 작정이었는지도 모른다. 그 몸짓이면 충분했다. 플러쉬는 유례없이 맹렬하게 적에게 뛰어올랐다. 그의 이빨이 다시 한번 브라우닝 씨의 바지에 맞닿았다. 그러나 불행히도 흥분한 그 순간, 그는 가장 핵심적인 것을 잊었다—침묵. 그는 짖었다. 브라우닝 씨에게 몸을 날리면서 소리 내어 짖어버렸던 것이다. 그 소리는 집 안을 발칵 뒤집어놓기에 충분했다. 윌슨이 아래층으로 달려왔다. 윌슨은 그를 호되게 때렸다. 윌슨은 그를 완전히 제압해버렸다. 윌슨은 그를 불명예스럽게 이끌었다. 브라우닝 씨를 공격하려는 것이었는데 윌슨에게 얻어터졌다는 것이 치욕스러웠다. 브라우닝 씨는 손가락 하나 까딱하지 않았다. 브라우닝 씨는 다치지도 않고 아무런 변동도 없이 완벽한 평정 속에서 홀로 위층의 침실로 케이크를 가져갔다. 플러쉬는 질질 끌려갔다.

두 시간 반 동안 앵무새들과 딱정벌레들, 양치식물들과 스튜 냄비들과 같이 부엌에서 비참하게 감금당한 뒤 플러쉬는 바렛 아가씨 앞에 소환되었다. 그녀는 소파에 누워있었고, 그 옆에는 여동생 애러벨라가 있었다. 대의명분에 대한 정

당성을 의식한 플러쉬는 그녀에게 곧장 갔다. 그러나 그녀는
그를 보기를 거부했다. 그는 애러벨라에게로 향했다. 그녀는
단지 "버르장머리 없는 플러쉬, 저리 가"라고만 말했다. 윌슨
이 거기에 있었다—무시무시하고 인정사정없는 윌슨이. 바렛
아가씨가 자초지종을 들으려고 몸을 돌린 쪽은 그녀에게였
다. 그녀는 그를 때렸었다. 윌슨은 "그게 옳았기 때문"이라고
말했다. 그러면서 덧붙이기를, 오직 손으로만 때렸다는 것이
다. 플러쉬가 유죄 판결을 받은 것은 그녀의 증언에 따른 것
이었다. 바렛 아가씨가 추정컨대, 그 공격은 정당한 이유가
없는 것이었다. 그녀는 브라우닝 씨의 모든 미덕과 모든 관
대함을 신뢰했고, 플러쉬는 채찍을 사용하지 않은 하인에게
"그게 옳았기" 때문에 격퇴당했다. 더 이상 들을 필요도 없었
다. 바렛 아가씨는 그에게 불리한 결정을 내렸다. "그래서 그
는 내 발 밑의 바닥에 누워요"라고 그녀는 썼다. "고개를 들어
나를 똑바로 쳐다보지 못하도록요." 그러나 비록 플러쉬가 바
라볼지라도 바렛 아가씨는 그와 눈을 맞추는 것조차 거부했
다. 그녀는 거기 소파에 누웠고, 플러쉬는 거기 바닥에 누웠다.

　　카펫 위에 유배된 채 누워있으면서, 그는 영혼이 암초에
부딪히고 부수어지거나 혹은 발 디딜 곳을 찾아서 천천히

그리고 고통스럽게 자신을 끌어올려 되찾은 땅에서, 결국엔 폐허가 된 우주의 꼭대기에서 다른 계획으로 새롭게 창조된 세계를 들여다보는 것과 같은 혼란스러운 감정의 소용돌이를 겪었다. 어느 쪽을 선택할 것인가, 파괴인가, 재건인가? 그것이 문제로다. 여기에서는 그의 딜레마에 대한 개요만을 추적할 수 있다. 그의 논쟁은 침묵이었기 때문이다. 두 번이나 플러쉬는 그의 적을 물리치기 위해 전력을 다했지만, 두 번 다 실패했다. 왜 실패했을까? 그는 스스로에게 물었다. 바렛 아가씨를 사랑했기 때문이었다. 그녀가 소파에 가혹하고 묵묵하게 누워있는 모습을 살며시 올려다보면서, 그는 그녀를 영원히 사랑해야 한다는 것을 알았다. 그러나 만사는 단순하지 않고 복잡하다. 그가 브라우닝 씨를 무는 것은 그녀 역시 무는 것이었다. 증오는 증오가 아니다. 증오 또한 사랑이다. 여기서 플러쉬는 극도의 당혹감 속에서 귀를 흔들었다. 그는 바닥에서 불편하게 몸을 뒤척였다. 브라우닝 씨가 바렛 아가씨였고, 바렛 아가씨가 브라우닝 씨였다. 사랑은 증오이며 증오는 사랑이다. 그는 바닥에서 고개를 들어 올려 낑낑거리며 기지개를 켰다. 시계가 여덟 시를 쳤다. 그는 이러지도 저러지도 못한 채 뒤척이며 세 시간 넘도록 거기 누워있었던 것이다.

    냉혹하고 차갑고 완강했던 바렛 아가씨조차도 펜을 내려놓았다. "못된 플러쉬!" 그녀는 브라우닝 씨에게 편지를 쓰는 중이었다. "…… 만약 플러쉬가 한 것처럼, 사람들이 개처럼 잔인하게 행동하길 선택한다면, 그들은 정말로 그 결과에 대해 책임을 져야만 해요. **당신**은 그에게 무척이나 친절하고 다정했어요! **당신** 말고는 누구라도 적어도 '경솔한 말'을 했을 거예요." 입마개를 사는 것도 정말 좋은 방법이 될 거라고, 그녀는 생각했다. 그러고 나서 그녀는 얼굴을 들어 플러쉬를 봤다. 그의 모습에서 예사롭지 않은 뭔가가 그녀에게 떠오른 게 틀림없었다. 그녀는 잠시 멈췄다. 그녀는 펜을 내려놓았다. 일찍이 그녀를 키스로 깨웠을 때, 그녀는 그가 판이라고 생각했었다. 그는 닭고기와 크림이 들어간 라이스 푸딩을 먹었었다. 그는 그녀를 위해 햇빛을 포기했었다. 그녀는 그를 불러 용서한다고 말했다.

    하지만, 마치 바닥의 고뇌에서 아무것도 배우지 못한 것마냥, 실제로 완전히 달라졌는데도 똑같은 개인 것마냥, 마치 일시적인 변덕인 것마냥 용서받아 소파로 다시 돌아가는 것은 불가능했다. 우선 당장에는 지쳐있었기에 플러쉬는 굴복했다. 그러나 며칠 후, 그와 바렛 아가씨 사이에 그의 감정

의 깊이를 보여주는 주목할만한 광경이 발생했다. 브라우닝
씨는 다녀가고 없었다. 플러쉬는 바렛 아가씨와 혼자 있었다.
보통 때 같으면 그는 소파에 뛰어올라 그녀의 발치에 있었을
것이다. 그러나 이제 그는 평상시처럼 뛰어오르고 쓰다듬어
달라고 요구하는 대신, 현재 "브라우닝 씨의 안락의자"라고
불리는 곳으로 갔다. 평상시에 그 의자는 그에게 혐오스러웠
었다. 그것은 여전히 적의 형체를 유지하고 있었다. 그러나 이
제는 전투에서 그가 이긴 듯, 관용을 베푼다는 식으로 그 의
자를 바라볼 뿐만 아니라 그것을 바라보면서 "갑자기 황홀
경에 빠졌다." 바렛 아가씨는 그를 골똘히 지켜보면서 이 기
이한 전조를 주시했다. 다음으로 그녀는 그의 눈이 탁자 쪽
으로 향하는 것을 보았다. 탁자 위에는 아직도 브라우닝 씨
의 케이크 상자가 놓여 있었다. 그는 "저로 하여금 당신이 남
긴 케이크가 탁자 위에 있다는 것을 상기시켰어요." 그것은
이제 오래된 케이크, 상한 케이크, 어떠한 육욕적 유혹도 상
실한 케이크였다. 플러쉬가 의미하는 바는 명백했다. 적이 제
공한 것이었기 때문에 신선할 때는 케이크를 먹는 것을 거부
했었던 것이다. 그는 이제 케이크가 상했어도 먹을 것이다.
왜냐하면 적에서 친구로 바뀐 사람이 제공한 것이고, 증오에

서 사랑으로 바뀐 상징이기 때문이다. 그렇다, 그는 지금 그
것을 먹겠다는 것을 의미했다. 그래서 바렛 아가씨는 일어나
그녀의 손에 케이크를 가져왔다. 그녀는 그것을 주면서 꾸짖
었다. "그래서 저는 그에게 당신이 그를 위해 가져온 것이라
고 설명했어요. 뜻인즉, 과거의 못된 행위에 대해 그에 알맞
게 부끄러워해야 하며, 앞으로는 당신을 사랑하고 물지 않겠
다고 마음먹어야 된다는 것이었어요. 그리고 당신의 선량함
에서 교훈을 얻도록 했어요." 그 혐오스러운 희멀건 밀가루
반죽 조각을 삼키면서—그것은 곰팡이가 슬었고, 파리가 쉬
었으며, 쉰내가 났다—플러쉬는 그녀가 한 말을 자신만의 어
법으로 엄숙하게 되풀이했다. 앞으로는 브라우닝 씨를 사랑
할 것이며 그를 물지 않겠노라 맹세한다.

    그는 즉시 보상받았다. 상한 케이크도 아니고, 닭고기 날
개도 아니고, 지금 그가 받고 있는 어루만짐도 아니고, 소파
위 바렛 아가씨의 발치에 다시 한번 누워도 된다는 허락도
아니었다. 그는 영적으로 보상을 받았다. 그런데 그 효과는
신기하게도 육체적인 것이었다. 녹슬어가는 철근이 그 아래
에 있는 모든 자연적 생명들을 부식시키고 훼손하고 파괴하
는 것처럼, 요 몇 달 내내 증오심이 그의 영혼에 걸쳐져 있었

다. 이제 날카로운 칼과 고통스러운 수술로 도려내지면서 그
철근이 절제되었다. 이제 피가 한 번 더 흘렀고, 신경이 욱신
거리면서 얼얼했고, 새살이 돋아났다. 봄에 그러하듯, 자연
이 크게 기뻐했다. 플러쉬는 새들이 다시 지저귀는 소리를 들
었고, 나무에서 이파리들이 자라나는 것을 느꼈다. 소파 위
바렛 아가씨의 발치에 누워있으려니, 그의 혈관을 타고 영광
과 기쁨이 흘러넘쳤다. 그는 이제 그들과 맞서지 않고, 그들과
함께였다. 그들의 희망, 그들의 바람, 그들의 욕망은 그의 것
이었다. 플러쉬는 이제 브라우닝 씨와 교감하면서 짖을 수 있
게 되었다. 짧고 날카로운 말이 그의 뒷목 털을 곤두세웠다. "
나는 일주일 내내 화요일이 필요해!"* 브라우닝 씨가 외쳤다.
"그다음에는 한 달, 일 년, 평생토록!" 플러쉬가 그를 그대로
따라 했다. 나는 한 달, 일 년, 평생토록 필요해! 나는 당신들
둘 다에게 필요한 모든 것이 필요해. 우리는 가장 영광스러
운 대의명분의 세 공모자다. 우리는 교감하면서 하나가 된
다. 우리는 증오 속에서 하나가 된다. 우리는 암흑과 눈살을

*a week of Tuesdays. 일주일이 모두 화요일 같은 한 주. 로버트 브라우닝이 엘리
자베스에게 보낸 1846년 1월 12일 자 소인이 찍힌 편지에서 "화요일에 만나게 될
것"이라며, 간절히 화요일이 오기만을 기다리는 심정을 인용한 것으로 보인다.

찌푸리는 압제에 저항하면서 하나가 된다. 우리는 사랑으로 하나가 된다. 간단히 말해서, 플러쉬의 모든 희망은 이제 어렴풋이 파악되기 시작했지만, 그럼에도 불구하고 확실히 승리를 거두고 있었다. 그 영광스런 승리는 그들 공동의 것이 되었어야 했는데, 돌연 한 마디 경고도 없이, 문명과 안전, 우정이 한창일 때 플러쉬는—그는 바렛 아가씨와 그녀의 여동생과 함께 비어가Vere Street의 한 상점에 있었다. 9월 1일 화요일 아침이었다—어둠 속으로 곤두박질쳐졌다. 그에게 지하 감옥의 문이 닫혔다. 그는 도둑맞았다.[4]

4부

화이트채플

"오늘 아침에 애러벨과 저, 그리고 그가 우리와 함께"라고 바렛 아가씨는 썼다. "비어가에 사소한 용무가 있어 승객용 마차를 타고 갔어요. 그는 평소대로 우리를 따라 상점 안으로 들어갔다가 다시 나왔고, 내가 마차에 막 올라탈 때까지만 해도 바로 내 발뒤꿈치에 있었어요. 돌아보면서 나는 '플러쉬'라고 말했고, 애러벨이 플러쉬를 찾으려고 둘러봤어요. 플러쉬가 없었어요! 바퀴 **아래** 있던 바로 그 순간에 붙잡혔던 거예요, 이해하시겠어요?" 브라우닝 씨는 완벽하게 잘 이해했다. 바렛 아가씨는 목줄을 잊었었고, 그리하여 플러쉬는 도둑맞은 것이었다. 1846년의 윔폴가와 그 인근의 법은 그러한 것이었다.

윔폴가의 견고함과 안전함을 능가할 수 있는 것처럼 보이는 곳은 정말로 아무 데도 없다. 4층짜리 저택과 유리창, 그리고 마호가니 문이 달린 그곳은 병자가 걷거나 바퀴 달린 환자용 의자가 굴러가기에 쾌적한 전망이다. 오후에 나들이를 할 때에는 심지어 쌍두마차도, 마부가 신중하기만 하면, 범절이 바르고 평판 좋은 이곳을 벗어날 필요가 없다. 그러나 만일 당신이 병자가 아니라면, 만일 당신이 쌍두마차를 소유하지 않았다면, 만일 당신이―그리고 많은 사람들이―활동적이고 신체가 튼튼하며 걷는 것을 좋아한다면, 윔폴가에서

조금만 벗어나도 윔폴가 자체의 견고함에 의심을 던지는 광
경을 보고 언어를 듣고 냄새를 맡을 수 있을 것이다. 이 무렵
토머스 빔스* 씨에게는 런던 주변을 거닐겠다는 생각이 떠올
랐다. 그는 놀랐고, 정말로 충격을 받았다. 웨스트민스터에는
아주 멋진 건물들이 솟아있었지만, 그 바로 뒤에는 황폐한 헛
간들이 있었다. 이 헛간의 암소 떼 위 칸에는 사람들이 무리
지어 "7피트 공간마다 두 사람씩" 살고 있었다. 그는 자신이
본 것을 사람들에게 말해야 한다고 느꼈다. 그런데 방 바로
아래서 젖을 짜고 도살되고 먹히고 있고, 거기다 통풍 장치
도 없는 그 외양간 위에서 두세 가족이 방 하나에 사는 것을
어떻게 고상하게 설명할 수 있겠는가? 그것은 빔스 씨가 사
람들에게 알리려고 시도했을 때 발견한 바와 같이, 영어로는
차마 표현하기 어려운 과제였다. 그럼에도 불구하고 그는 오
후에 산책하는 중 런던에서 가장 귀족적인 교구를 통해 자
신이 본 것을 설명해야 한다고 느꼈다. 발진티푸스의 위험은
너무도 컸다. 부자들은 그들이 처하고 있는 위험을 알 수 없

---

*Thomas Beames(1815~1864). 웨스트민스터에 있는 세인트 제임스 교회의
부목사였다. 빅토리아 시대 런던의 일상생활에 대한 진실을 폭로하는 『런던
의 루커리: 과거와 현재 그리고 미래The Rookeries of London: Past, Present and
Prospective』(1852)를 썼다.

었다. 웨스트민스터와 패딩턴, 매릴본에서 발견한 것을 알았
을 때 그는 절대로 잠자코 있을 수 없었다. 예를 들어, 이것은
예전에 어떤 지체 높은 귀족의 것이었던 오래된 저택이었다.
대리석으로 된 벽난로 선반의 유물들은 여전히 남아있었다.
방들엔 벽판이 끼워져 있었고 난간들엔 조각이 새겨져 있었
지만 바닥은 썩었고 벽은 오물들로 넘쳤다. 그 낡은 연회장
에서 반쯤 벗은 남자들과 여자들이 떼로 모여 묵고 있었다.
그는 계속해서 걸어갔다. 이것은 한 의욕적인 건축업자가 유
서 깊은 가문의 저택을 허문 것이었다. 그는 그 자리에 날림
으로 지은 공동주택을 쌓아 올렸다. 지붕에선 빗물이 새었
고 벽 틈새로는 바람이 들어왔다. 그는 한 아이가 연녹색의
물줄기를 깡통에 담고 있는 것을 보고는 그 물을 마시는지
물었다. 그렇다고 했다. 그것으로 씻기도 한다고 했다. 집주
인이 일주일에 두 번만 물을 틀도록 했기 때문이었다. 그러
한 광경은 런던의 가장 점잖고 문명화된 지역에서 맞닥뜨리
기 때문에 더욱 놀라운 것으로 "가장 귀족적인 교구가 한몫
하고 있었다." 예를 들어 바렛 아가씨의 침실 뒤편이 런던에
서 최악의 빈민가 중 하나였던 것이다. 저러한 품위와 뒤섞인
것은 이러한 오물이었다. 그러나, 물론, 오랫동안 가난한 사

람들에게 주어져 손도 대지 않은 채 남아있는 특정 지역들이
있었다. 화이트채플Whitechapel이나 토트넘 코트로드Tottenham
Court Road 아래에 있는 삼각지대에서는 수 세기 동안 방해받
지 않은 빈곤과 범죄와 불행이 들끓고 만연하면서 증식되었
다. 세인트 자일스St. Giles에 밀집한 낡은 건물들은 "거의 죄수
유형지, 빈민 도시 그 자체"였다. 매우 적절하게도, 빈민들이
이처럼 밀집해서 정착한 곳을 루커리*라고 불렀다. 거기에서
인간들은 떼까마귀들이 떼 지어 다니며 나무 꼭대기를 검게
물들이듯 서로 꼭대기에 떼 지어 있었다. 다만 이곳의 건물들
은 나무가 아니었고, 더 이상 건물이라고 할 수도 없었다. 그
것들은 오물로 가득 찬 좁은 길들이 교차하는 벽돌로 된 감
옥이었다. 그 길은 하루 종일 부분적으로만 옷을 입은 인간
들로 붐볐고, 밤에는 웨스트엔드West End에서 손님을 찾았던
매춘부들과 거지들, 도둑들이 다시 줄줄이 돌아오는 곳이었
다. 경찰이 할 수 있는 일이라곤 아무것도 없었다. 여행자는
할 수 있는 한 서둘러 지나치면서, 어쩌면 빔스 씨가 한 것처
럼 온갖 인용문들과 모호한 말들, 완곡어법들로 으레 그렇듯
그것만이 다가 아닐 거라고 넌지시 암시하는 것 외에는 할 수

---

*Rookery. 떼까마귀 떼가 사는 서식지. 빈민굴을 의미한다.

있는 게 아무것도 없었다. 콜레라가 올 것이고, 콜레라가 주는 암시는 모름지기 회피할 수 있는 것이 아닐 것이다.

그러나 1846년 여름에 그 암시는 아직 주어지지 않았다. 윔폴가와 그 인근에 살았던 사람들에게 유일한 안전책은 절대적으로 명망이 있는 구역 내에서만 지내는 것이었고, 개를 목줄로 묶고 다니는 것이었다. 바렛 아가씨가 깜빡 까먹었던 것처럼 그것을 까먹으면, 바렛 아가씨가 지금 지불해야 하는 것처럼 대가를 치러야 했다. 그것이 세인트 자일스 바로 옆에 붙어 있는 윔폴가에 정해진 규정이었다. 세인스 자일스가 도둑질하는 것은 세인트 자일스가 할 수 있는 것이었고, 윔폴가는 윔폴가가 지불해야 하는 것을 지불해야 했다. 따라서 애러벨은 즉시 "많아 봐야 10파운드로 그를 되찾겠다는 생각이 얼마나 확고한지 보여줌으로써 저를 위로하기 시작"했다. 10파운드는 테일러 씨가 코커스패니얼을 요구하는 대가라고 생각되었다. 테일러 씨는 갱단의 두목이었다. 윔폴가에서 한 귀부인은 개를 잃자마자 테일러 씨에게 갔고, 그는 몸값을 얼마라고 말했으며, 그 금액이 지불되었다. 그렇지 않았다면 며칠 후 윔폴가에 개의 머리와 발이 담긴 갈색의 종이 소포가 배달되었을 것이다. 적어도 테일러 씨와 타협했었던 이웃에 사는 한 귀부인이 경험한 것은 그것이었다. 바렛 아가씨는 당연히 지불할 작정이었다. 그래서 집에 돌아왔을 때 그녀는 남동생인 헨리에게 말했고, 헨리는 그날 오후 테일러 씨를 만나러 갔다. 그는 "그림들이 걸린 방에서 시가를 피우고" 있는 그를 발견했다. 사람들은 테일러 씨가 웜폴가의 개들에게서 1년에 2~3천의 소득을 벌어들인다고들 했다. 테일러 씨는 그의 "조직"과 협의해서 개가 다음날 돌려보내지도록 할 것이라고 약속했다. 성가신 상황, 특히 바렛 아가씨에게는 자기가 가진 모든 돈을 내주어야 하는 짜증 나는 순간이었지만 1846년에 개를 목줄에 묶는 것을 잊어버린 것에 대한 피할 수 없는 결과였다.

그러나 플러쉬의 경우라면 상황이 매우 달랐다. 바렛 아가씨는 "우리가 그를 되찾을 수 있다는 것을 플러쉬는 알지 못해요"라고 생각했다. 플러쉬는 인간 사회의 원칙에 결코 통달하지 못했다. 바렛 아가씨는 9월 1일 화요일 오후에 브라우닝 씨에게 편지를 썼다. "이 밤 내내 그는 울부짖고 한탄할 거예요, 저는 너무도 잘 알아요." 그러나 바렛 아가씨가 브라우닝 씨에게 편지를 쓰는 동안 플러쉬는 그의 삶에서 가장 끔찍한 경험을 겪고 있었다. 그는 극도로 당혹스러웠다. 한순간 그는 비어가에서 리본과 레이스들 사이에 있었고, 다음 순간 자루 속에 곤두박질쳐졌으며, 급박하게 거리를 가로질러 덜컹거리며 움직이다가, 한참 후에 굴러떨어졌다—여기에. 그는 자신이 완전한 어둠 속에 있다는 것을 알았다. 그는 자신이 냉랭하고 축축한 곳에 있다는 것을 알았다. 현기증이 사라지면서 그는 낮고 어두운 방에서 몇 가지 형체를 간신히 알아볼 수 있었다. 부서진 의자들과 내팽개쳐진 매트리스였다. 그 뒤 그는 붙잡혀서 어떤 장애물의 다리에 단단히 묶였다. 짐승인지 인간인지 분간할 수 없는 무언가가 바닥에 널브러져 있었다. 커다란 부츠와 질질 끌리는 치마가 비틀거리며 들락날락하고 있었다. 바닥에서 썩어가고 있던 오래된 고기 조각 위에서 파리들이 윙윙거렸다. 어두운 구석에서 아이들이 살금살금 기어 나와 그의 귀를 손가락으로 꼬집었다. 그가 낑낑거리자, 두툼한 손이 그의 머리를 때렸다. 그는 벽 옆에 놓인 몇 인치의 축축한 벽돌 위에 겁먹은 채 몸을 웅크렸다. 이제 그는 바닥에서 서로 다른 종류의 동물들이 북적대는 것을 볼 수 있었다. 개들은 그들 사이에 놓인 썩은 뼈를 흔들며 물어뜯고 있었다. 그들의 갈비뼈는 털 바깥으로도 두드러져 보였다. 그들은 거의 헐벗고, 더럽고, 병에 걸렸으며, 털은 엉켜있었고, 솔질이 되어 있지 않았다. 그런데 그들 모두

는 목줄을 두른, 자신과 같은 최고의 혈통이며, 제복을 입은
하인들이 있는 집안의 개라는 것을 플러쉬는 알 수 있었다.

　　그는 몇 시간이고 낑낑거릴 엄두조차 내지 못한 채 누워
있었다. 갈증은 최악의 고통이었다. 그러나 그 근처의 양동
이에 있던 탁한 녹색빛 나는 물을 한 모금 마시자 역겨웠다.
한 모금 더 마시느니 차라리 죽는 게 나을 것 같았다. 그런
데도 한 위엄 있는 그레이하운드는 게걸스럽게 마시고 있었
다. 문이 발로 걷어차이면서 열릴 때마다 그는 올려다보았다.
바렛 아가씨, 바렛 아가씨인가? 드디어 그녀가 왔나? 그러나
털북숭이 악당일 뿐이었고, 그는 그들을 모두 내팽개치면서
부서진 의자로 비틀거리며 걸어가 털썩 앉았다. 이윽고 어둠
이 점점 짙어졌다. 그는 부서진 의자 위, 매트리스 위, 바닥
위에 있는 형체들을 거의 알아볼 수 없었다. 타다 남은 양초
토막이 벽난로 위 선반에 붙어있었다. 바깥의 시궁창 속에
서 불길이 타올랐다. 그 깜박거리는 조악한 빛으로 인해 플
러쉬는 바깥에서 지나가는 끔찍한 얼굴들을 창문으로 힐끔
거리며 볼 수 있었다. 그리고 나서 그들이 들어오자 그 비좁
은 방이 더 꽉 붐비게 되었고 그는 몸을 더 오그려서 벽 쪽
에 바짝 붙어 누워야 했다. 이 끔찍한 괴물들은—일부는 누

더기를 걸쳤고, 다른 일부는 짙은 화장과 깃털들로 번쩍번쩍
빛나고 있었는데—바닥에 쭈그려 앉기도 했고 탁자에 둘러
앉기도 했다. 그들은 술을 마시기 시작했고, 서로 욕설을 퍼
부으며 주먹질을 했다. 바닥에 자루를 떨구자 개들이 더 굴
러 나왔다. 여전히 목걸이를 두르고 있는 작은 애완용 개들,
세터들[사냥개], 포인터들[사냥개]이었다. 한 거대한 앵무새가
구석구석 허둥지둥 뛰어다니면서 "어여쁜 폴", "어여쁜 폴"*
을 꽥꽥 질러댔다. 여주인인 마이다 베일**에 사는 미망인마
저 두려워할 억양이었다. 그다음에 여성용 가방이 열렸고, 플
러쉬가 바렛 아가씨와 헨리에타 아가씨가 착용한 것을 보았
던 것과 같은 브로치들과 반지들과 팔찌들이 탁자 위로 쏟
아져 나왔다. 악마들이 그것들을 뺏으려고 손과 발을 동원
하며 욕하고 다투었다. 개들이 짖어댔다. 아이들은 비명을 질
렀고, 화려한 앵무새는—그러한 새를 플러쉬는 종종 윔폴가
의 창문 너머 펜던트 장식에서 봤었는데—슬리퍼가 던져질

---

*Pretty Poll. 주인이 부르는 표현 그대로 '예쁜아'일 수도, 존 게이John Gay(1685~1732)
의 오페라작 『앵무새Polly』의 한 귀절을 노래하는 것일 수도 있고, 1854년에 출
간된 저자 미상의 책 제목 『어여쁜 폴: 한 앵무새의 이야기Pretty Poll: A Parrot's
Own History』에서 따온 것일 수도 있다.
**Maida Vale. 런던 서쪽의 패딩턴 북부를 구성하는 부유한 주거 지역.

때까지 더욱더 빨리 "어여쁜 폴", "어여쁜 폴"을 꽥꽥 질러대며 그 멋진 노란색이 얼룩진 은회색의 날개를 격분하며 펄럭거렸다. 그때 촛불이 넘어져 떨어졌다. 방이 캄캄해졌다. 점점 더 뜨거워지면서 그 냄새와 그 열기를 견딜 수 없었고, 플러쉬의 코는 타는 듯 화끈거렸으며, 털가죽은 경련을 일으켰다. 그리고 바렛 아가씨는 아직도 오지 않았다.

바렛 아가씨는 윔폴가에서 소파에 누워있었다. 그녀는 속이 타고 걱정스러웠지만 심각할 정도로 불안하지는 않았다. 물론 플러쉬는 고통을 겪을 것이고, 밤새도록 낑낑거리며 짖을 것이다. 그러나 그것은 단지 몇 시간이냐의 문제였다. 테일러 씨가 총액을 부르면, 그녀는 그것을 지불할 것이다. 그러면 플러쉬는 되돌아올 것이다.

9월 2일 수요일 아침, 화이트채플의 빈민굴에 동이 텄다. 깨진 창문들이 점차 회색으로 물들어갔다. 바닥에 널브러져 누워있는 악당들의 털북숭이 얼굴들 위로 빛이 쏟아졌다. 플러쉬는 그의 눈을 가리고 있던 가수면 상태에서 깨어나 다시 한번 진실을 깨달았다. 이것이 지금의 진실이었다. 이 방, 이 악당들, 단단히 묶여있는 개들의 이 낑낑거림, 이 짤깍짤깍거림, 이 어두컴컴함, 이 축축함. 불과 어제, 상점에서 아가씨들과 함께 리본들 사이에 있었다는 게 참말일 수 있을까? 윔폴가와 같은 장소가 있기나 했을까? 보라색 유리단지에서 반짝이는 신선한 물이 있던 방이, 쿠션 위에 누워있었던 일이, 먹음직스럽게 구워진 닭 날개가 주어졌던 일이, 분노와 질투에 가슴이 찢어져 노란 장갑을 긴 남자를 물었던 일이 있기나 했을까? 그러한 삶 전체와 그때의 감정들이 떠내려가고 사라지면서 현실처럼 느껴지지가 않았다.

먼지투성이의 빛이 새어 들어오는 이곳, 한 여자가 한 자루에서 무겁게 몸을 떼더니 비틀거리면서 맥주를 가지고 왔다. 음주와 욕설이 다시 시작되었다. 한 뚱뚱한 여자가 그의 귀를 붙잡고 갈비뼈를 꼬집었으며, 그에 관한 혐오스러운 농담을 몇 마디 지껄였다. 그녀가 그를 다시 바닥에 팽개치자 한바탕 웃음이 터졌다. 문이 발로 걷어차여 열리면서 쾅 소리를 냈다. 그럴 때마다 그는 고개를 들었다. 윌슨인가? 브라우닝 씨일까? 아니면 바렛 아가씨? 그러나 아니었다. 또 다른 도둑, 또 다른 살인자일 뿐이었다. 질질 끌리는 치맛자락들과 딱딱한 목이 긴 부츠들만 보이자 그는 다시 몸을 웅크렸다. 한 번은 그 앞쪽에 내던져진 뼈다귀를 물어뜯으려고 시도했다. 그러나 이빨이 돌처럼 딱딱한 살점에 닿을 수 없었고, 고약한 냄새가 그를 역겹게 했다. 갈증이 더해갔기에 그는 양동이에서 쏟아져 나온 녹색 물을 조금 핥을 수밖에 없었다. 그러나 수요일 밤이 깊어지고, 이리저리 이어붙인 부서진 판자들 위에 누워있자 그는 더욱 뜨거워지고 더욱 갈증이 심해지며 더욱더 온몸이 쑤셔왔다. 그는 무슨 일이 벌어지고 있는지 거의 주목하지 않았다. 문이 열렸을 때만 그는 고개를 들어 쳐다보았다. 아니, 바렛 아가씨가 아니었다.

　　윔폴가에서 소파에 누워있는 바렛 아가씨는 초조해지고 있었다. 진행에 약간의 문제가 있었다. 테일러는 수요일 오후에 화이트채플에 내려가서 "조직"과 협의할 것이라고 약속했었다. 그런데 수요일 오후와 수요일 저녁이 지나갔는데도 아직 테일러는 오지 않았다. 단지 몸값을 올리려는 수작일 뿐이라고, 그녀는 추측했는데—그것은 바로 당장은 곤란한 형편이었다. 그럼에도 물론 그녀는 그것을 지불해야만 할 것이다. "당신도 알다시피, 저는 제 플러쉬가 있어야만 해요." 그녀는 브라우닝 씨에게 편지를 썼다. "위험을 감수하면서 협상하고 홍정할 수는 없어요." 그녀는 소파에 누워 브라우닝 씨에게 편지를 쓰면서 문을 두드리는 소리에 귀 기울였다. 그러나 윌슨이 편지를 내놓았고, 또 윌슨이 뜨거운 물을 내놓았다. 잘 시간이었고 플러쉬는 오지 않았다.

　9월의 3일째 되는 날인 목요일, 화이트채플의 동이 텄다. 문이 열리고 닫혔다. 바닥에서 플러쉬 옆에서 밤새 낑낑거렸던 레드 세터는 두더지가죽 조끼를 입은 악당에게 끌려갔다. 그는 어떤 운명일까? 살해당하는 것이 나을까, 여기에 머무르는 것이 나을까? 이런 삶과 저런 죽음 중에 어느 것이 더 나쁠까? 소음과 굶주림과 갈증, 그곳의 지독한 악취는—오데코롱의 향기를 몹시 싫어한 적이 있었다는 기억도—어떤 선명한 이미지도, 어떤 단 하나의 욕망도 순식간에 없애버렸다. 오래된 기억의 단편들이 그의 머리에서 떠다니기 시작했다. 그것은 연로한 미트포드 의사 선생님이 들판에서 외치는 목소리였을까? 케렌하포크가 문에서 빵집 주인과 잡담하는 소리였을까? 방에서 덜컹거리는 소리가 들리자 그는 미트포드 아가씨가 제라늄을 한 다발 묶고 있는 것을 들었다고 생각했다. 그러나 그것은 오늘 폭풍우가 불면서 깨진 유리창에 갈색 종이들이 부딪치는 소리일 뿐이었다. 그것은 빈민굴에서 술 취한 채 고래고래 악다구니 쓰는 소리일 뿐이었다. 늙은 쭈그렁 할망구가 구석에서 불 위의 냄비에 청어를 구우면서 쉬지 않고 계속해서 중얼거리는 소리일 뿐이었다. 그는 잊혀졌고 버려졌다. 도와주러 오는 이는 아무도 없었다. 그에게 말을 거는 목소리도 없었다. 앵무새들은 "어여쁜 폴, 어여쁜 폴"을 울부짖었고 카나리아들은 계속해서 의미 없이 짹짹거리고 있었다.

그때 다시 저녁이 방을 어둡게 했다. 촛불이 받침대에 붙어 있었고, 조악한 빛이 바깥에서 확 타올랐다. 등에 자루를 맨 불길한 남자들과 얼굴에 떡칠을 한 여자 무리들이 문에서 발을 질질 끌며 들어오더니 부서진 침대와 탁자에 털썩 주저앉았다. 또 다른 밤이 화이트채플의 칠흑 같은 어둠을 감쌌다. 지붕의 구멍에서는 비가 끊임없이 뚝뚝 떨어졌고, 그것을 받으려고 세워놓은 양동이를 똑똑 두드렸다. 바렛 아가씨는 오지 않았다.

윔폴가에 목요일이 밝아왔다. 플러쉬의 흔적은 없었다. 테일러에게서 온 연락도 없었다. 바렛 아가씨는 무척이나 불안했다. 그녀는 수소문했다. 그녀는 남동생인 헨리를 소환해 상세하게 캐물었다. 그녀는 그가 자신을 속였다는 것을 알아냈다. "마왕" 테일러는 약속한 대로 전날 밤에 왔다. 그는 자신의 조건을 언급했다. 6기니는 조직을 위해, 그리고 10실링은 자신을 위한 것이라 했다. 그러나 헨리는 그녀에게 말하는 대신 바렛 씨에게 말했고, 그 결과는 당연히, 바렛 씨가 지불하지 말라고 지시했으며 그가 방문한 것을 누이에게 숨기라고 했다는 것이었다. 바렛 아가씨는 "무척 골치가 아프고 화가 났"다. 그녀는 헨리에게 즉시 테일러 씨에게 가서 돈을 지불하라고 명령했다. 헨리는 거절했고 "아버지 얘기를" 꺼냈다. 그러나 아버지의 이야기를 하는 것은 아무 소용이 없고, 그녀는 항의했다. 그들이 아버지가 한 이야기를 하는 동안, 플러쉬는 살해당할 것이다. 그녀는 결심했다. 헨리가 가지 않으면, 그녀가 직접 가겠노라고. "…… 사람들이 내가 선택한 대로 하지 않으면 내일 아침에 내가 내려갈 거예요. 그리고 플러쉬를 데려오겠어요." 그녀는 브라우닝 씨에게 썼다.

　　그러나 바렛 아가씨는 행동보다 말이 더 쉽다는 것을 이제 알았다. 그녀가 플러쉬에게 가는 것은 플러쉬가 그녀에게 오는 것만큼이나 어려운 일이었다. 윔폴가의 모든 사람들이 그녀에게 반대했다. 플러쉬가 도둑맞았다는 소식과 게다가 테일러가 몸값을 요구했다는 소식은 이제 누구나 아는 정보가 되었다. 윔폴가는 화이트채플에 대항하겠다고 결정했다. 맹인인 보이드 씨*는 몸값을 지불하는 것이 "끔찍한 죄악"이 될 것이라는 견해를 전했다. 그녀의 아버지와 형제는 그녀에

게 맞서기로 결탁했으며 그들 계급의 이익을 위해서라면 어
떤 배반도 강행할 수 있었다. 그러나 무엇보다도 나쁜 것—훨
씬 더 나쁜 것—은 브라우닝 씨가 자신의 모든 영향력, 모든
웅변, 모든 학식, 모든 논리를 다 동원하여 윔폴가 편에서 플
러쉬와 맞섰다는 것이다. 만약 바렛 아가씨가 테일러에게 굴
복한다면, 그것은 압제에 굴복하는 것이고, 갈취범들에게 굴
복하는 것이며, 악이 정의를 이기고, 사악함이 순수함을 이기
는 힘을 키우는 것이라고 썼다. 만약 그녀가 테일러가 요구한
것을 준다면 "…… 개를 구할 정도의 돈이 없는 가난한 주인
들은 어떻게 하죠?" 그의 상상력은 불이 붙었다. 그는 테일러
가 단 5실링이라도 요구하면 뭐라고 말할 것인지를 상상하기
에 이르렀다. 그는 이렇게 말할 것이라고 했다. "**당신**은 갱단
이 한 일련의 짓에 대해 책임을 져야 하며, **당신**, 내 말 명심
시오—내 앞에서 머리나 발을 잘라버리겠다는 허튼 소리는
하지도 마시오. 내 분명히 장담하건대, 나는 당신을 다른 사
람들 앞에서 깔아뭉개고 성가시게 구는 데 평생을 바칠 것이

*Hugh Stuart Boyd(1781~1848). 영국의 그리스어 학자. 삶의 마지막 20년 동
안 맹인이었다. 엘리자베스 바렛에게 그리스어와 호머, 핀다로스, 아리스토파
네스 등 그리스 문학을 가르쳤다. 그녀의 시 중 한 편인 '키프로스의 와인'은
보이드에게 헌정된 것이며, 그녀는 그의 실명과 죽음에 관한 소네트도 썼다.

고, 상상 가능한 모든 수단을 동원해서 당신을 죽도록 괴롭힐
것이고, 당신의 여러 공범자들을 찾아낼 것이오. 하지만 **당신**
은 벌써 찾아내었으니 절대로 놓치지 않을 것이며……” 브라
우닝 씨는 만약 테일러가 그를 만날 행운이 있었다면 그렇게
테일러에게 대답했을 것이다. 실제로 그는 같은 날인 목요일
오후, 나중에 우편물 수거 시간에 맞추어 두 번째 편지를 썼
다. “…… 여러 계급의 온갖 압제자들이, 마음먹기만 하면, 여
러 다양한 방식으로 약자와 침묵하는 자들의 기밀을 알아낸
뒤 어떻게 그들의 심금을 울리고 그들에게 뼈저린 고통을 주
는지를 상상하는 것은 끔찍한 일입니다.” 그는 바렛 아가씨를
책망하지는 않았다. 즉, 그녀가 한 모든 것은 옳았고 그에게는
완벽하게 받아들일 만한 것이었다. 그럼에도 불구하고 그는
금요일 아침에 계속해서 “나는 그것이 통탄할만한 나약함이
라고 생각하며……”라고 썼다. 만약 그녀가 개들을 훔친 테일
러의 용기를 북돋는다면, 주인공들의 인격을 훔친 바나드 그
레고리*의 용기를 북돋는 것이나 마찬가지라는 것이었다. 간
접적으로, 그녀는 바나드 그레고리와 같은 갈취범이 인명부
를 적고 거기의 주인공들을 맹비난했기 때문에 자멸을 초래
하거나 나라를 떠난 모든 비참한 사람들에 대한 책임을 져야

한다는 것이었다. "그런데 세상에서 가장 분명한 것에 관한 이 뻔한 말들을 왜 글로 써야 하죠?" 그래서 브라우닝 씨는 하루에 두 번 뉴 크로스**에서 달려와 큰소리로 웅변을 했다.

바렛 아가씨는 소파에 누워서 그 편지들을 읽었다. 포기할 수 있다면 얼마나 손쉬운 일이겠는가. "당신의 좋은 의견은 제게 백 마리의 코커스패니얼보다 더 가치 있어요"라고 말할 수 있다면 또 얼마나 손쉬운 일이겠는가. "저는 나약한 여자이며, 법과 정의에 대해서는 아무것도 몰라요. 저를 위해 결정해 주세요"라며 쿠션에 파묻혀 한숨만 쉬고 있는 것은 얼마나 손쉬운 일이겠는가. 그녀는 몸값을 지불하는 것을 거절하기만 하면 되었고, 테일러와 그의 조직을 거역하기만 하면 되었다. 그리고 플러쉬가 만약 살해당했다면, 그 끔찍한 소포가 와서 그녀가 그것을 열고 죽어 쓰러진 그의 머리와 발을 꺼낸다면 로버트 브라우닝이 곁에서 그녀에게 옳은 일을 했다고 확언

---

*Barnard Gregory(1796~1852). 영국의 언론인이자 배우. 1831년부터 1849년까지 「새티리스트The Satirist」 신문을 발간했다. 그는 이 신문을 이용하여 런던 주민들의 스캔들을 게재하였고 종종 그의 목표대상들을 협박하기도 했다. 기사들은 여러 차례 유명인사들의 명예훼손 소송을 일으켰으며 그 결과 여러 번 투옥되기도 하였다.

**New Cross. 템스 강 남쪽에 있는 런던의 자치구 루이셤의 한 구역. 브라우닝은 1840년대에 이곳에서 살았다.

할 것이며 그의 존경을 받을 것이다. 그러나 바렛 아가씨는 겁
내지 않았다. 바렛 아가씨는 펜을 들어 로버트 브라우닝에게
반박했다. 테일러 씨에게 기백 넘치는 답변을 고안하고, 던을
인용*하고, 그레고리의 경우를 예로 든 것은 대단히 그럴듯해
보이며, 그녀도 테일러가 그녀를 공격하거나, 그레고리가 그녀
의 명예를 훼손했다면 똑같이 했을 거라고 썼다―그들이 그랬
다면! 그러나 만일 노상강도가 그녀를 도둑질했다면 브라우
닝 씨는 어떻게 할 것인가? 그녀가 그들의 수중에 있으며, 그
녀의 귀를 잘라 뉴 크로스에 우편으로 보내겠다고 위협하면
어떻게 할 것인가? 그가 어떻게 했든지 간에, 그녀의 마음은
정해졌다. 플러쉬는 무력했다. 그녀의 의무는 그에게 있었다.
"하지만 플러쉬, 나를 그토록 충실하게 사랑했던 가여운 플
러쉬. 이 세상에서 저지른 테일러 씨의 죄 때문에 아무 죄 없
는 **그를** 희생시킬 권리가 내게 있을까요?" 브라우닝 씨가 무
슨 말을 할지라도, 그녀는 플러쉬를 구출할 예정이었다. 그를

*John Donne(1573~1631). 영국의 시인, 성직자. 던은 로버트 브라우닝뿐 아니
라 T.S.엘리엇, W.B.예이츠 등에게도 깊은 영향을 미쳤다. 던은 총 19편이 수록
된 「거룩한 소네트Holy Sonnets」에서 신성과 불후성의 개념과 싸웠는데, 그중
한 편이 '소네트 17: 내가 사랑한 그녀가 마지막 빚을 갚았던 이후로'이며, 앞
서 나온 "하지만 당신은 벌써 찾아내었으니But though I have found thee……"
라고 한 부분이 이 시에서 인용한 것으로 보인다.

데려오기 위해 화이트채플의 입안으로 들어갈지라도, 로버트 브라우닝이 그렇게 하는 것을 경멸할지라도.

그리하여 토요일 날, 그녀 앞의 탁자에 열려있는 브라우닝 씨의 편지를 두고, 그녀는 옷을 입기 시작했다. 그녀는 "한 마디만 더—나는 세상 일반의 남편들, 아버지들, 형제들, 그리고 권세자들의 형편없는 정책에 반대하는 데 전력을 다할 것입니다"라는 그의 편지를 읽었다. 그래서 만약 그녀가 화이트채플에 간다면, 그녀는 로버트 브라우닝의 반대편에 서는 것이고, 세상 일반의 아버지들, 형제들, 권세자들의 편에 서는 것이었다. 그럼에도 그녀는 계속해서 옷을 입었다. 개 한 마리가 마구간에서 울부짖고 있었다. 그는 잔인한 남자들의 수중 아래 무력하게 묶여 있었다. 마치 "플러쉬를 기억해줘요"라고 울면서 부르짖는 소리가 들리는 것 같았다. 그녀는 신발을 신고 망토를 걸치고 모자를 썼다. 그녀는 브라우닝 씨의 편지를 한 번 더 훑어보았다. "나는 당신과 결혼하려 합니다"라고 쓰여 있었다. 개는 여전히 울부짖고 있었다. 그녀는 방을 나와 아래층으로 내려갔다.

그녀는 헨리 바렛과 마주쳤는데, 그의 생각으로는, 만약 그녀가 으름장을 놓은 대로 한다면 강탈당하고 살해당할 수

도 있다고 했다. 그녀는 윌슨에게 마차를 부르라고 했다. 몹
시 떨긴 했지만 순종적인 윌슨은 시키는 대로 했다. 마차가
왔다. 바렛 아가씨는 윌슨에게 타라고 했다. 비록 죽음이 그
녀를 기다리고 있다고 확신할지라도, 윌슨은 탔다. 바렛 아
가씨는 마부에게 쇼디치에 있는 매닝가로 가자고 했다. 바렛
아가씨가 타자 그들은 떠났다. 곧 그들은 통유리로 된 창문,
마호가니로 만든 문과 철책 지역을 뒤로했다. 그들은 바렛
아가씨가 결코 본 적이 없었던, 전혀 짐작도 하지 못했던 세
상에 들어섰다. 그들은 소들이 침실 바닥 아래에 떼 지어 있
는 세상에 들어섰다. 온 가족이 창문이 깨진 방에서 잠드는
세상, 일주일에 두 번밖에 물을 틀 수 없는 세상, 범죄와 빈
곤이 범죄와 빈곤을 낳는 세상이었다. 그들은 점잖은 마부
에게는 알려지지 않은 지역에 도착했다. 마차가 멈췄고, 마부
가 선술집에서 어디로 가야 할지 물었다. "두세 명의 남자가
나왔어요. '아, 테일러 씨를 찾으러 온 거군!'" 이 불가사의한
세계에 숙녀 둘이 마차를 타고 올 만한 일은 딱 한 가지이며,
그 볼일은 뻔한 것이었다. 극도로 불길했다. 그중 한 남자가
집으로 달려갔다 나오면서, "테일러 씨는 집에 없어요! 근데
내리지 않을 거예요?'라고 저에게 말했어요. 윌슨은 공포심

에 떤 나머지 제게 그런 것은 생각도 하지 말아 달라고 애원
했어요." 남자들과 소년들 갱단 패거리들이 마차 주위로 몰
려들었다. "그럼 테일러 부인이라도 만날래요?" 남자가 물었
다. 바렛 아가씨는 테일러 부인을 만날 마음이 추호도 없었
다. 그런데 그 집에서 엄청나게 뚱뚱한 여자가 나왔다. "평생
양심에 거리낄 것 없이 속 편하게 살아온 것처럼 뚱뚱했죠."
그녀는 바렛 아가씨에게 남편이 나가고 없다는 것을 알려줬
다. "몇 분이 걸리거나 어쩌면 몇 시간이 걸릴 지도 모른다면
서, 저보고 내려서 기다리지 않겠냐고 하더군요." 윌슨이 그
녀의 옷을 잡아당겼다. 그 여자의 집에서 기다린다고 상상해
보라! 그들 주위에 몰려든 남자들과 소년들 패거리들에 둘러
싸여 마차에 앉아있는 것만으로도 충분히 끔찍했다. 그래서
바렛 아가씨는 마차에서 "어마어마한 여성 노상강도"와 담판
을 벌였다. 그녀는 테일러 씨가 그녀의 개를 가지고 있다고 했
고, 그녀의 개를 되돌려주겠다는 약속을 했다고 말했다. 그
렇다면 테일러 씨는 틀림없이 바로 그날 윔폴가에 개를 다시
가지고 돌아올까? "아, 네, 물론이죠," 그 뚱뚱한 여자가 몹
시도 자애로운 미소를 지으며 말했다. 그녀는 테일러가 바로
그 용무 때문에 외출했다고 확신했다. 그리고 그녀는 "가장

여유롭고 우아하게 고개를 꼿꼿이 들고 있었다."

그래서 마차는 방향을 돌려 쇼디치의 매닝가를 떠났다. 윌슨은 "간신히 목숨을 구했어요"라고 믿었다. 바렛 아가씨 자신도 줄곧 두려웠었다. "거기서 갱들이 막강하다는 것은 충분히 알 수 있었어요. 그 조직, 그 '동물애호가들'*의 조직은…… 단단히 뿌리 박고 있었어요"라고 그녀는 썼다. 그녀의 마음은 여러 생각들로 가득 찼고, 그녀의 눈은 여러 그림들로 채워졌다. 윔폴가 반대편에 놓여있는 그 얼굴들과 그 집들이었다. 그녀는 윔폴가 뒤뜰의 침실에 누워있던 5년 동안 보았던 것보다 선술집 앞의 마차에 앉아있는 동안 더 많은 것을 보았다. "그 사람들의 얼굴!" 그녀는 외쳤다. 그들은 그녀의 눈망울에 각인되었다. 그들은 "신성한 대리석 존재"로서 책장 위의 흉상들이 결코 자극하지 못했던 그녀의 상상력을 자극했다. 여기에 그녀와 같은 여인들이 살고 있었다. 그녀가 소파에 누워서 책을 읽고 글을 쓰는 동안 그들은 그렇게 살고 있었다. 그

---

*The Fancy. 개도둑 조직의 이름. 플러쉬는 1843년 9월 처음으로 잡혀갔는데, 6기니를 내고 48시간 만에 돌아왔다. 또다시 1844년 10월에 7파운드를 내고 하루 만에 돌아왔다. 그리고 마지막이자 세 번째는, 엘리자베스가 비밀결혼과 도피를 고민하던 1846년 9월 첫째 주였다. 이때는 20기니가 지불되었고, 닷새 만에 돌아왔으며, 다행히도 그가 돌아오자 엘리자베스는 계획들을 성사시켰다.

러나 이제 마차는 다시 4층짜리 저택들 사이를 따라 굴러가
고 있었다. 여기에 친숙한 문들과 창문들이 있었다. 벽돌 이
음매에 회반죽을 바른 거리, 황동의 문고리들, 단정하게 주름
잡힌 커튼들. 여기는 윔폴가였고, 50번지였다. 윌슨은 마음속
에 그리던 안전한 곳에 도착했다는 안도감에 밖으로 달려나
갔다. 하지만 바렛 아가씨는, 아마도, 잠시 망설이는 듯했다.
그녀는 여전히 "그 사람들의 얼굴"을 보고 있었다. 그들은 몇
년 뒤 그녀가 이탈리아의 볕 좋은 발코니에 앉아있을 때 다시
그녀 앞에 올 것이었다.[5] 그들은 『오로라 리』*에서 가장 생생한
구절을 자아낼 것이었다. 하지만 지금은 집사가 문을 열었고,
그녀는 다시 위층에 있는 그녀의 방으로 올라갔다.

　　토요일은 플러쉬가 감금된 지 5일째 되는 날이었다. 지칠
대로 지친 데다 거의 절망적으로, 그는 바글거리는 바닥의 어
두운 구석에서 헐떡거리며 누워있었다. 문이 쿵쾅거리며 닫
혔다. 거친 목소리들이 외쳤다. 여자들이 비명을 질렀다. 앵
무새들은 마이다 베일의 미망인에게 재잘거렸듯이 재잘거렸
지만, 이제는 사악한 노파가 그들에게 욕만 퍼부었다. 벌레들

---

*엘리자베스 바렛 브라우닝이 1857년에 쓴 장편 서사시로, 사회문제와 여성
문제를 다뤘다.

이 털 속에서 기어 다녔지만 털을 털기에는 너무 쇠약해진 데
다 의욕도 없었다. 플러쉬의 지나간 모든 삶과 그 수많은 장
면들—레딩, 온실, 미트포드 아가씨, 케넌 씨, 책장들, 흉상들,
블라인드의 농부들—이 가마솥에서 녹아 없어지는 눈송이처
럼 사라져버렸다. 그가 만일 여전히 희망을 품고 있다면, 그것
은 이름도 없고 형체도 없는 무언가에 있었다. 그 특색 없는
누군가의 얼굴을 그는 여전히 "바렛 아가씨"라고 불렀다. 그
녀는 여전히 존재했다. 나머지 모든 세상이 사라졌어도 그녀
는 여전히 존재했다. 비록 그녀가 그에게 도달하기에는 여전
히 넘을 수 없는 장벽이 그들 사이에 놓여있을지라도. 어둠이
다시 내려앉기 시작했고, 그 어둠은 그의 마지막 희망을 거
의 부숴버릴 수 있는 것처럼 보였다—바렛 아가씨라는 희망.

　사실, 윔폴가의 막강한 힘은 여전히, 이 마지막 순간조차
도, 플러쉬와 바렛 아가씨를 갈라놓기 위해 싸우고 있었다. 토
요일 오후에 그녀는, 대단히 뚱뚱한 여자가 약속했었으므로,
누워서 테일러가 오기를 기다렸다. 드디어 그가 왔지만 개를
데려오지는 않았다. 그는 전갈을 올려보냈다. 즉석에서 바렛
아가씨가 6기니를 지불하면 화이트채플로 곧장 가서 "맹세컨
대" 개를 데리고 오겠다는 것이었다. "마왕" 테일러가 맹세한

다는 것이 무슨 가치가 있는지 바렛 아가씨는 알 수 없었지
만 "그것 외에는 달리 방법이 없어" 보였다. 플러쉬의 생명이
위태로웠기에 그녀는 기니를 계산해 복도에 있는 테일러에게
내려보냈다. 그러나 공교롭게도 테일러가 우산과 판화, 푹신한
카펫들과 다른 귀중품들이 있는 복도에서 기다리고 있을 때
남동생 알프레드 바렛이 들어왔다. 마왕 테일러가 실제로 집
에 있는 광경은 그로 하여금 이성을 잃게 만들었다. 그는 분
노를 터뜨렸다. 그는 테일러에게 "사기꾼에다 거짓말쟁이, 도
둑"이라고 불렀다. 그러자 곧바로 테일러 씨가 그에게 욕을 퍼
부었다. 훨씬 더 나빴던 것은, 그가 "자기도 구하기를 바랐지
만, 우리는 다시는 우리 개를 보지 못할 것"이라고 맹세하며
집 밖으로 달려나갔다는 것이다. 그렇다면, 다음 날 아침 피
로 얼룩진 소포가 도착할 것이다.

　　바렛 아가씨는 다시 옷을 대충 주워 입고 아래층으로
뛰어갔다. 윌슨 어디 있어? 그녀에게 마차를 부르라고 해. 그
녀는 즉시 쇼디치로 돌아가려 했다. 그녀의 가족들이 막으
려고 달려왔다. 어두워지고 있었다. 그녀는 이미 지쳐있었다.
그 모험은 건강한 남자에게도 위험할 정도였다. 그녀에게 그
것은 미친 짓이었다. 그래서 그들은 그녀에게 말했다. 그녀의

형제자매들 모두 몰려들어 그녀를 위협하고 만류했다. "고집쟁이에 제멋대로에다 '완전히 미쳤다'고 저에게 소리 질렀죠. 저는 테일러 씨만큼이나 여러 이름으로 불렸어요." 그러나 그녀는 한 걸음도 물러서지 않았다. 드디어 그들은 그녀가 얼마나 무모한지 깨달았다. 얼마나 위험하든 간에 그들은 그녀에게 항복해야만 했다. 셉티무스[남동생]는 바[엘리자베스의 별칭]가 그녀의 방에 돌아가 "걱정 말고 있으면" 자신이 직접 테일러에게 가서 돈을 지불하고 개를 데려오겠다고 약속했다.

그래서 9월 5일, 화이트채플에서의 황혼은 밤의 어둠 속으로 사라져갔다. 방문이 다시 한번 발로 걷어차이며 열렸다. 털북숭이 남자가 플러쉬의 목덜미를 움켜잡고는 구석에서 끌어내었다. 오래된 적의 흉측한 얼굴을 올려다보면서 플러쉬는 죽이려고 데리고 가는지 석방시키려고 데리고 가는지 알지 못했다. 단 하나의 환영 같은 기억을 제외하고는 아무 상관 없었다. 남자가 몸을 굽혔다. 저 커다란 손가락들이 왜 목을 이리저리 만지작거리는 것일까? 칼인가, 아니면 목줄인가? 반 장님인 채 다리를 비틀거리며 플러쉬는 바깥으로 끌려 나왔다.

윔폴가에서 바렛 아가씨는 저녁을 먹을 수 없었다. 플러쉬가 죽었을까, 아니면 살아있을까? 그녀는 알지 못했다. 여덟 시 정각에 문을 쿵쿵 두드리는 소리가 났다. 평상시처럼 브라우닝 씨에게서 온 편지였다. 그러나 편지를 들이려고 문을 열었을 때, 무언가 또한 뛰어들어 왔다. 플러쉬였다. 그는 곧바로 보라색 유리단지로 향했다. 그것은 세 번 이상 채워졌다. 그런데도 아직도 마시고 있었다. 바렛 아가씨는 더러운 개가 멍하니 얼떨떨한 채 물을 마시는 것을 지켜보았다. "그는 내가 기대했던 것처럼 나를 만난 것에 대해 그리 열렬하지 않았어요"라고 그녀는 언급했다. 그랬다, 그가 세상에서 원했던 유일한 것은 깨끗한 물이었다.

어쨌든 바렛 아가씨는 그 사람들의 얼굴을 힐끗 보았지만, 평생 그들 모두를 기억했다. 플러쉬는 닷새 내내 그들의 통제 아래 놓여 있었다. 이제 그는 쿠션 위에 다시 한번 누워서, 차가운 물이야말로 어떤 실체를 가진, 어떤 실재하는 유일한 것이라 보았다. 그는 계속해서 마셨다. 침실의 오래된 신들—책장, 옷장, 흉상들—은 자신들의 실체를 잃어버린 것처럼 보였다. 이 방은 더 이상 전체 세계가 아니었다. 단지 보호소일 뿐이었다. 야생의 짐승들이 돌아다니고 독사가 똬리를 틀고, 나무마다 뒤에는 덮칠 준비가 되어 있는 살인자가 도사리고 있는 숲속에서 떨고 있는 소리쟁이 이파리 하나에

둥그렇게 드리워진 작은 골짜기일 뿐이었다. 그곳의 소파 위 바렛 아가씨의 발치에 지쳐서 멍하니 누워있는 동안에도, 그의 귀에는 여전히 묶여있는 개들의 울부짖는 소리와 공포에 떠는 새들의 비명소리가 들렸다. 문이 열릴 때면 칼을 가진 털북숭이 남자일 거라 예상하며 그는 화들짝 놀랐다. 책을 가지고 온 케넌 씨일 뿐이었고, 노란 장갑을 낀 브라우닝 씨일 뿐이었다. 그러나 이제 그는 케넌 씨와 브라우닝 씨를 꺼렸다. 그는 더 이상 그들을 신뢰하지 않았다. 그 미소 짓는, 다정한 얼굴 뒤에는 배반과 잔인함과 기만이 있었다. 그들의 어루만짐은 겉치레였다. 그는 월슨과 함께 우체통으로 걸어가는 것조차 몹시 두려워했다. 그는 목줄 없이는 움직이지 않았다. "불쌍한 플러쉬, 못된 남자들이 널 데려갔었어?'라고 그들이 말했을 때, 그는 고개를 들어 구슬프게 울면서 크게 짖었어요." 채찍을 휘두르는 소리는 그가 안전하다고 여기는 지하 출입문 계단으로 달아나도록 했다. 실내에서 그는 소파 위 바렛 아가씨에게 더 가까이 다가갔다. 그녀만이 그를 버리지 않았었다. 그는 여전히 그녀에 대해 어느 정도 믿음이 있었다. 점차 어떤 실체가 그녀에게 되돌아왔다. 지치고, 떨리고, 더럽고, 몹시 수척해진 그는 소파 위 그녀 발치에 누웠다.

며칠이 지나면서 화이트채플에 대한 기억이 점점 희미해
져 갔다. 플러쉬는 소파 위 바렛 아가씨 가까이에 누워있으면
서 그 어느 때보다 그녀의 감정을 더욱 명확하게 읽었다. 그들
은 헤어졌었지만, 이제는 함께 있었다. 정말로 그들은 결코 그
토록 가까운 적이 없었다. 그녀가 놀라거나 움직이거나 하면,
그 역시도 그랬다. 그리고 그녀는 이제 끊임없이 놀라고 끊임
없이 움직이는 사람처럼 보였다. 소포가 배달되는 것조차도
그녀를 놀라게 했다. 그녀는 소포를 열어 떨리는 손가락으로
두툼한 부츠 한 켤레를 꺼냈다. 그러고는 그 즉시 벽장 구석에
그것을 숨겼다. 그런 다음 마치 아무 일도 없었던 것처럼 누웠
다. 무슨 일이 벌어진 것이었다. 그들만 있을 때 그녀는 일어나
서 서랍에서 다이아몬드 목걸이를 가져왔다. 그녀는 브라우
닝 씨의 편지들을 보관하고 있는 상자를 꺼냈다. 그녀는 부츠
와 목걸이, 그 편지들을 모두 넓지막한 상자에 넣은 다음, 마
치 계단에서 나는 발걸음 소리라도 들은 것처럼, 상자를 침대
아래에 밀어 넣고는 숄을 다시 두르면서 서둘러 누웠다. 이러
한 비밀과 은밀함의 징후는 어떤 위기가 다가오고 있다는 예
고가 분명하다고 플러쉬는 느꼈다. 그들이 함께 달아나려는
참인가? 개 도둑들과 압제자들의 끔찍한 세계로부터 함께 벗

어나려는 것인가? 아, 그게 가능하기만 하다면! 그는 흥분감
에 전율을 일으키며 낑낑거렸다. 그러나 바렛 아가씨는 낮은
목소리로 조용히 하라고 명령했고, 그는 즉각 조용히 있었다.
그녀 역시 무척 조용했다. 그녀는 어느 형제나 자매가 들어
와도 곧바로 소파에 완벽하게 누웠고, 항상 바렛 씨와 누워
서 이야기를 나누었듯이 바렛 씨와 누워서 이야기를 나눴다.

　　그러나 9월 12일 토요일에, 바렛 아가씨는 플러쉬가 이
전에 전혀 하는 것을 본 적이 없었던 일을 했다. 그녀는 아침
식사 후 곧장 외출하는 것처럼 직접 옷을 입었다. 더욱이 그
녀의 드레스를 보았을 때, 플러쉬는 자기가 함께 가지 않는
다는 것을 그녀 얼굴의 표정에서 완벽하게 알아챘다. 그녀
는 자신만의 비밀 용무를 보기로 결심한 것이었다. 열 시에
윌슨이 방으로 들어왔다. 그녀 또한 마치 산책 나가는 것처
럼 입고 있었다. 그들은 함께 나갔고, 플러쉬는 소파에 누워
그들이 돌아오기를 기다렸다. 한 시간 정도 후에 바렛 아가
씨가 혼자 돌아왔다. 그녀는 그를 바라보지 않았고, 아무것
도 의식하지 않는 것처럼 보였다. 그녀가 장갑을 벗자 한순
간 그는 그녀의 왼손 손가락 중 하나에서 금반지가 반짝이
는 것을 보았다. 그런 다음 그는 그녀가 손에서 반지를 빼내

서랍의 어둠 속에 숨기는 것을 보았다. 그런 다음 그녀는 평
소대로 소파에 누웠다. 그는 그녀 곁에 거의 숨 죽인 채 누웠
다. 무슨 일이 일어났든, 그리고 어떤 일이 벌어졌든, 어떤 대
가를 치르더라도 은폐되어야만 하는 것이다.

　　모든 대가를 치르는 침실의 삶은 평소대로 계속해야만
한다. 그런데 모든 것이 달라졌다. 블라인드를 올리고 내리는
그 움직임마저도 플러쉬에게는 신호처럼 보였다. 그리고 빛과
그림자가 흉상들을 지나칠 때 그들 역시 무언가를 암시하고
손짓하는 것처럼 보였다. 방 안의 모든 것이 어떤 사건에 대
비한 변화를 의식하고 있는 것처럼 보였다. 그럼에도 불구하
고 모든 것이 침묵했다. 모든 것이 은폐되었다. 형제자매들이
평소대로 들락날락했고, 바렛 씨가 평소대로 저녁에 왔다. 그
는 음식을 다 먹었는지, 와인을 마셨는지 평소대로 살폈다.
바렛 아가씨는 이야기하고 웃었고 방 안에 누군가 있을 때
무언가를 숨기고 있다는 어떤 기색도 내비치지 않았다. 그러
나 그들만 있을 때 그녀는 침대 아래서 상자를 꺼내, 귀 기울
이면서 서둘러, 은밀히, 그것을 채웠다. 중압감에 대한 징후
는 명백했다. 일요일에 교회 종소리가 울리고 있었다. "저 종
소리는 뭐지?" 누군가 물었다. "매릴본 교회* 종소리야," 헨

리에타가 말했다. 바렛 아가씨가 하얗게 질리는 것을 플러쉬
는 보았다. 그러나 다른 누구도 어떤 것도 눈치채지 못했다.

그렇게 월요일이 지나갔고 화요일과 수요일, 목요일이 지
나갔다. 그들은 며칠 내내 침묵을 짙게 드리웠고, 평소대로
여전히 소파에서 먹고 말하고 누워있었다. 플러쉬는 선잠에
뒤척이면서 광대한 숲속의 양치식물들과 나뭇잎들 아래에
서 그들이 함께 몸을 누이고 있는 꿈을 꾸었다. 그때 이파리
들이 떨어지는 바람에 잠에서 깼다. 어두웠다. 그러나 어둠
속에서 그는 윌슨이 은밀하게 방으로 들어오는 것을 보았고,
침대 밑에서 상자를 꺼내 조용히 밖으로 가져가는 것을 보았
다. 9월 18일 금요일 밤에 있었던 일이다. 토요일 아침 내내
그는 하시라도 손수건이 떨어지거나, 낮은 휘파람 소리가 들
리거나, 삶과 죽음의 신호가 올 것을 아는 자가 누워있는 것
처럼 누워있었다. 그는 바렛 아가씨가 옷을 입는 모습을 지켜
봤다. 네 시 15분 전에 문이 열리고 윌슨이 들어왔다. 그때 신
호가 주어졌다. 바렛 아가씨가 그를 팔에 안아 올렸다. 그녀
는 일어나서 문 쪽으로 걸어갔다. 잠시 동안 그들은 방을 둘

*엘리자베스 바렛 브라우닝과 로버트 브라우닝은 1846년 9월 12일 오전 11시
반에 비밀 결혼식을 올린 뒤 교회를 나갔으며, 9월 19일 집을 떠났다.

러보며 서 있었다. 소파가 있었고 그 옆에 브라우닝 씨의 안
락의자가 있었다. 흉상들과 탁자들이 있었다. 햇빛이 담쟁이
넝쿨들 사이로 새어들었고, 농부들이 걷고 있는 그려진 블
라인드가 살며시 날렸다. 모든 것이 평소대로였다. 모든 것이
이러한 순간이 앞으로도 그들에게 셀 수 없이 다가오리라는
것을 기대하는 것 같았지만, 바렛 아가씨와 플러쉬에게는 이
것이 마지막이었다. 아주 조용히 바렛 아가씨는 문을 닫았다.

아주 조용히 그들은 아래층으로 미끄러져 내려갔고, 거
실, 서재, 식당을 지났다. 모든 것이 평소에 보던 그대로였고,
냄새도 평소에 맡던 냄새였다. 모두가 뜨거운 9월 오후의 잠
에 빠져 있는 것처럼 조용했다. 캐틸라인 역시 복도의 깔개
위에서 자고 있었다. 그들은 현관에 다다랐고 아주 조용히
손잡이를 돌렸다. 마차가 밖에서 기다리고 있었다.

"호지슨*으로 가 주세요," 바렛 아가씨가 말했다. 그녀는
거의 속삭이듯 말했다. 플러쉬는 그녀의 무릎 위에 아주 얌
전히 앉아있었다. 온 세상 그 어떤 것을 위해서도 그는 이 엄
청난 침묵을 깨지 않았을 것이다.

*Hodgson. 매릴본가 모퉁이에 있는 서점 이름. 브라우닝과 엘리자베스는 이
곳에서 오후 세 시 반에서 네 시 사이에 만나기로 했다.

5부

이탈리아

어둠과 덜컹거림 속에서, 돌연 밝은 빛이 비쳤다가, 어두운 긴
터널 안에서 이리저리 내던져지다가, 그러다 갑자기 빛 속으
로 나가면 바렛 아가씨의 얼굴을 가까이서 보게 되고, 가느
다란 나무들, 선로들, 철도들과 점점이 불 켜진 높은 집들이
보이곤 하는—당시에는 개들을 상자에 담아 여행하도록 하
는 것이 철도의 야만적인 관습이었기 때문에—많은 시간, 여
러 날, 여러 주가 계속되는 듯했다. 그런데도 플러쉬는 두렵
지 않았다. 그들은 벗어나고 있었다. 그들은 압제자들과 개
도둑들을 뒤로 한 채 떠나고 있었다. 덜커덩, 삐거덕, 삐거덕,
덜커덩, 그래 실컷 흔들어 보라지. 기차가 그를 이리저리 내
던질 때도 오직 윔폴가와 화이트채플을 뒤로 하고 떠나게만
해달라고 그는 중얼거렸다. 드디어 빛이 퍼졌고, 덜컹거림이
멈췄다. 그는 새들이 지저귀는 소리와 나무들이 바람결에 산
들거리는 소리를 들었다. 아니, 세차게 물이 흐르는 소리였던
가? 드디어 눈을 뜨면서, 드디어 털을 뒤흔들면서, 그는 보았
다, 상상할 수 있는 가장 놀랄만한 광경을. 거세게 흐르는 물
길 한가운데 바위 위에 바렛 아가씨가 있었다. 나무들이 그
녀 위로 늘어져 있고, 주위에는 강물이 세차게 흘렀다. 그녀
가 위험에 빠진 게 틀림없었다. 한 번의 도약으로 플러쉬는 첨

벙 뛰어들어 물줄기를 헤치고 그녀에게 이르렀다. "…… 그는 페트라르카*의 이름으로 세례받아야 해요"라고 바렛 아가씨는 그가 바위에 있는 그녀 곁으로 기어오르자 말했다. 그들이 보클뤼즈**에 있기 때문이었다. 그녀는 페트라르카의 샘물 한가운데에 있는 바위에 걸터앉아있었다.

그러고 나서도 더 덜커덩거리고 더 삐거덕거려야 했다. 그다음에는 다시 평평한 바닥에 서 있었고, 어둠이 개었고, 빛이 쏟아져 들어왔다. 잠에서 깬 그는 자신이 햇빛으로 가득한 커다란 휑한 방의 불그스름한 타일 위에 서 있는 것을 깨닫고는 얼떨떨했다. 그는 이리저리 뛰어다니며 냄새를 맡고 건드려 보았다. 카펫도 벽난로도 없었다. 소파와 안락의자, 책장, 흉상들도 없었다. 톡 쏘는 듯한 자극적인 낯선 냄새가 그의 콧구멍을 간질여 재채기가 나왔다. 한없이 강렬하고 선명한 빛에 눈이 부셨다. 그는 그토록 딱딱하고 그토록 환하고 그토록 크고 그토록 텅 빈 방 안에—이것이 정말로

---

*Petrarch(1304~1374). 이탈리아의 시인. 그는 교회에서 전 생애에 걸쳐서 시적 영감의 원천이 된 여성 라우라를 만나 격정적인 사랑에 빠져, 사랑의 빛과 어둠을 노래하는 『칸초니에레』를 썼다.

**Vaucluse. 프랑스 남동부의 주로 주도는 아비뇽. 자연을 즐기던 페트라르카가 은둔생활을 했던 곳 중 하나로, 페트라르카의 샘물은 '신비의 샘'이라고 불리는 '퐁텐느 드 보클뤼즈Fontaine de Vaucluse'의 다른 이름이다.

방이라면—결코 있어 본 적이 없었다. 한가운데에 있는 탁자 옆 의자에 앉아있는 바렛 아가씨의 모습은 그 어느 때보다 더 작아 보였다. 이윽고 윌슨이 그를 데리고 나갔다. 그는 거의 눈이 멀 지경이었다. 처음에는 태양으로, 다음에는 그림자로. 거리의 절반은 찌는 듯이 더웠다. 나머지 절반은 몹시 추웠다. 여자들은 모피를 두르고 다니면서도 머리에 그늘을 드리우려고 양산을 들고 다녔다. 그리고 거리는 바싹 말라 있었다. 11월 중순이긴 했지만 발을 적시거나 털을 뭉치게 할 진흙탕이나 웅덩이도 없었다. 구역도 없고 철책도 없었다. 웜폴가나 옥스퍼드가를 걸어 내려갈 때 그토록 미칠 듯이 흥분시켰던 혼미한 냄새도 없었다. 반면, 샛노란 벽과 모난 돌 모퉁이에서 나오는 낯선 새로운 냄새는 무척이나 자극적이었고 기이했다. 그때 흔들리는 검은색 커튼 뒤에서 놀라우리만치 달콤한 냄새가 자욱하게 퍼져 나왔다. 그는 그 맛을 음미하려고 멈춰서 발을 올렸고, 그것을 따라 안으로 들어가려고 했다. 그는 커튼 밑으로 들이밀었다. 그는 무척이나 높은 오목한 천장에 밝은 빛으로 가득한 홀을 일별했다. 그때 윌슨이 경악하며 그를 잽싸게 뒤로 잡아당겼다. 그들은 다시 계속해서 길을 걸어 내려갔다. 거리의 소음은 귀청이 터

질 듯했다. 모두가 같은 순간에 쩌렁쩌렁 소리 지르는 것 같
았다. 런던의 변화가 없이 고르고 졸린 웅성거림 대신 거기에
는 덜커덩거리는 소리, 외치는 소리, 딸랑딸랑 울리는 소리,
고함치는 소리, 채찍을 휘두르는 소리, 땡그랑거리는 종소리
들이 있었다. 플러쉬는 이리저리 뛰어오르고 뛰어넘었고, 윌
슨도 그랬다. 그들은 수레와 수송아지, 군인들, 염소 무리들
을 피하려고 인도를 스무 차례나 오르락내리락해야 했다. 그
는 지난 몇 년 동안 해왔던 것보다 더 팔팔하고 더 활기찬 것
들을 했다고 느꼈다. 눈이 부시긴 했지만 아주 신명이 났다.
그는 불그스름한 타일 위에 쓰러져 여태껏 윔폴가 뒤뜰에 있
는 침실의 쿠션 위에서 잠들었던 것보다 더 곤히 잠들었다.

    그러나 곧 플러쉬는 피사와 런던을 구별 짓는—그들이
지금 정착한 곳이 피사였으므로—보다 심오한 차이점을 알
게 되었다. 개들이 달랐다. 런던에서 그는 퍼그 개, 리트리버,
불도그, 마스티프, 콜리, 뉴펀들랜드, 세인트버나드, 폭스테
리어 혹은 스패니얼 혈통의 유명한 일곱 품종 중 하나와 우
체통 주변을 걸을 때 마주치지 않을 수 없었다. 각자에게 그
는 서로 다른 이름과 각기 다른 계급을 주었었다. 그러나 여
기 피사에서는 개들이 넘쳐났지만 계급은 없었다. 모두가—그

게 가능할까?—잡종이었다. 그가 볼 수 있는 한, 그들은 단지
회색 개, 누런 개, 얼룩 개, 점박이 개일 뿐이었다. 그들 중에
서 스패니얼이나 콜리, 리트리버 또는 마스티프는 단 한 마
리도 찾을 수 없었다. 그렇다면 이탈리아에서는 애견협회가
관할권을 가지고 있지 않은 것일까? 스패니얼협회가 알려지
지 않았나? 머리에 터부룩한 장식털을 가진 개에게는 사망
선고를 내리고, 구불거리는 귀를 소중히 여기며, 발은 털로
뒤덮여 있어야 하고, 절대적으로 이마는 뾰족하지 않고 둥그
레야 한다고 주장하는 법이 없는 걸까? 분명히 없었다. 플러
쉬는 스스로 망명지의 왕자라고 느꼈다. 그는 하층민 군중
중에서 유일한 귀족이었다. 그는 피사 전체에서 유일한 순수
혈통의 코커스패니얼이었다.

　여러 해 동안 플러쉬는 스스로를 귀족으로 여기도록 배
워왔다. 보라색 유리단지와 목줄의 법칙이 그의 영혼에 깊숙
이 스며들었었다. 그런 그가 평정심을 잃었다는 것은 별로
놀라운 일이 아니다. 하워드나 캐번디시가 움막에서 원주민
무리 사이에 안착했을 때, 가끔 채스워스*를 떠올리며 스테
인드글라스 창문 너머로 불타는 석양이 내려앉을 때의 붉은
카펫들과 보관으로 장식된 화랑들에 대한 생각에 잠기며 애

석해한다고 해서 비난받을 일은 아닌 것이다. 플러쉬에게 속물적인 요소가 있다는 점은 인정해야 한다. 미트포드 아가씨는 몇 년 전에 그러한 점을 감지했다. 런던에서는 동등한 개들과 우세한 개들 사이에서 억눌려졌던 그 정서가 이제 그에게 다시 돌아와서 그는 자신이 특별하다고 느끼고 있었다. 그는 거만하고 뻔뻔스러워졌다. 브라우닝 부인은 "플러쉬는 절대군주로 성장했으며 문이 열리기를 바랄 때 미친 듯이 짖어요. 로버트는," 그녀는 이어서 썼다. "플러쉬가 자신을 받들려는 특별한 사명을 띠고 내 남편이 태어난 것이라 여긴다고 단언하는데, 그건 정말 상당히 그럴듯해 보여요."

   "로버트", "내 남편"—만약 플러쉬가 변했다면 바렛 아가씨도 마찬가지였다. 이제는 그녀가 자신을 브라우닝 부인이라고 부르거나, 손에 낀 금반지가 햇빛에서 반짝거리는 것만이 아니었다. 플러쉬가 변한 만큼 그녀도 변했다. 플러쉬는 그녀가 "로버트", "내 남편"이라고 하루에 50번씩 말하는 것을 들었으며, 늘 그의 뒷목의 털을 곤두서게 하고 심장을 벌떡거리게 만드는 자긍심에 찬 반지를 끼고 다녔다. 그러나 변

---

*Chatsworth. 잉글랜드 더비셔에 있는 유명한 저택. 1549년부터 캐번디시 공작 가문의 집으로 이용되었다.

한 것은 그녀의 언어만이 아니었다. 그녀는 완전히 다른 사람
이었다. 예를 들어, 포트와인[알코올 농도를 높인 단맛 나는 포도
주]을 아주 조금씩 홀짝거리고는 두통을 호소하는 대신 이
제는 큼지막한 잔에 든 끼안띠[이탈리아 투스카니 지역의 적포
도주]를 단숨에 들이켜고는 곤히 잤다. 저녁 식사 탁자 위에
는 껍질이 벗겨진 시고 노란 과일 대신 꽃이 만발한 오렌지
가지가 놓여있었다. 또 리젠트파크에 말 네 필이 이끄는 덮
개 달린 사륜마차로 가는 대신 두툼한 부츠를 잡아당겨 신
고는 바위를 기어올랐다. 마차에 앉아 덜컹거리며 옥스퍼드
가를 따라 내려가는 대신 그들은 말 한 필이 끄는 금방이라
도 무너질 듯한 임대 마차를 타고 호숫가로 가 산세를 바라
보았다. 그리고 피곤할 때면 승객용 마차를 부르는 대신 바
위에 앉아 도마뱀들을 지켜보았다. 그녀는 햇살을 즐겼고, 추
위를 즐겼다. 얼음이 얼면 그녀는 공작의 숲에서 가져온 소
나무 장작들을 불길에 던져 넣었다. 그들은 타닥타닥 소리를
내며 타오르는 불길 속에 함께 앉아서 그 알싸하고도 향긋
한 향기를 맡았다. 그녀는 잉글랜드를 희생시켜가면서까지
이탈리아를 찬양하는 데 지칠 줄 몰랐다. "…… 우리 가엾은
잉글랜드 사람들은," 그녀는 외쳤다. "즐거움을 배워야 해요.

그들은 불 속에서가 아니라 햇빛 속에서 정화되어야 해요."
이곳 이탈리아에서는 자유와 삶, 그리고 태양이 불러일으키
는 기쁨이 있었다. 사람들이 싸우는 것을 전혀 볼 수 없었으
며 욕설하는 것도 들을 수 없었다. 또한 술 취한 이탈리아 사
람도 결코 보지 못했다—쇼디치의 "그 사람들의 얼굴"이 그
녀의 눈앞에 다시 나타났다. 그녀는 항상 피사와 런던을 비
교하고는 피사를 얼마나 선호하는지 말했다. 피사의 거리에
서는 예쁜 여자들이 혼자 걸어다닐 수 있었고, 훌륭한 귀부
인들은 먼저 자신들의 오물을 직접 비우고 난 다음에 "더할
나위 없이 빛나는 영광스러운 자태로" 궁중으로 갔다. 피사
가 가진 온갖 종소리와 잡종개들, 낙타들, 소나무 숲들은 윔
폴가와 그곳의 마호가니로 만든 문들, 양고기 다리에 비해
한없이 좋았다. 그래서 브라우닝 부인은 매일 끼안띠를 단
숨에 들이켜고 나뭇가지에서 오렌지를 또 하나 따면서 이탈
리아를 찬양했고, 가엾고 둔하고 축축하고 햇살이 없고 즐
거움이 없고 돈이 많이 들고 관습적인 잉글랜드를 한탄했다.
    윌슨은 한동안, 사실은, 대영제국의 평정을 유지했다. 집
사와 지하층, 현관문과 커튼에 대한 기억은 애쓰지 않고는 그
녀의 마음에서 지워지지 않았다. 그녀는 화랑에서 걸어 나오

면서 "비너스의 외설에 대해 반격"하는 것이 여전히 옳다는 생각을 가지고 있었다. 그리고 나중에, 한 친구가 베푼 친절 덕에 대공大公의 영예로운 궁전을 문틈으로 들여다볼 수 있게 되었을 때도, 그녀는 영광스러운 세인트 제임스의 우수성을 충직하게 옹호했다. 그녀는 "우리 영국의 궁전과 비교하면…… 모든 게 초라하기 짝이 없다"고 전했다. 그러나 그녀가 그것을 응시할 때조차도, 대공의 호위병 중 한 뛰어난 인물이 그녀의 눈을 사로잡았다. 그녀의 욕망이 불타올랐고, 판단력이 흐려졌으며, 기준이 무너졌다. 릴리 윌슨은 호위병인 리기 씨와 열렬하게 사랑에 빠졌다.[6]

　　브라우닝 부인이 스스로 발견하면서 기뻐하고 새로운 자유를 탐험하는 것처럼, 플러쉬 역시 스스로 발견하면서 기뻐하고 자유를 탐험하고 있었다. 그들이 피사를 떠나기 전에―1847년 봄에 그들은 플로렌스로 옮겼다―플러쉬는 애견협회의 법이 보편적인 것이 아니라는 기이하고도 불편한 진실을 처음으로 접했다. 그는 머리의 가벼운 장식털이 반드시 치명적인 게 아니라는 사실을 상기했다. 따라서 그는 법규를 수정했다. 처음에는 약간 망설였지만, 그는 개들 사회의 새로운 개념에 따라 행동했다. 그는 나날이 점점 더 민주적이 되어 가고 있었다. 피사에서조차도 브라우닝 부인은 "……
그는 매일 외출해서 작은 개들에게 이탈리아어로 말한다"는
것을 알아차렸다. 플로렌스에서 오래된 족쇄의 마지막 사슬
이 그에게서 끊어졌다. 해방의 순간은 어느 날 까시네*에서
왔다. "모든 살아 날아다니는 꿩들"과 "에메랄드와 같은" 녹
색의 풀밭 위에서 질주하면서, 플러쉬는 불현듯 리젠트파크
와 그 선포문을 생각해 냈다. 개들은 반드시 목줄로 묶으시
오. 지금 "반드시"는 어디에 있지? 지금 목줄은 어디에 있지?
공원관리인과 곤봉은 어디에 있지? 부패한 귀족사회의 애
견협회와 스패니얼협회는 개 도둑들과 함께 사라졌다! 사
륜마차와 승객용 마차도 사라졌다! 화이트채플과 쇼디치와
함께! 그는 달리고 또 달렸다. 털이 휘날리고, 눈이 이글거렸
다. 이제 그는 온 세상의 친구가 되었다. 모든 개들은 그의 형
제였다. 그는 이 새로운 세상에서 목줄에 묶일 필요가 없었
다. 보호를 받을 필요도 없었다. 브라우닝 씨가 산책길에 늦
을라치면—그와 플러쉬는 이제 가장 친구였으므로—플러쉬
는 뻔뻔스럽게 그를 불러냈다. 그는 "그 앞에 서서 할 수 있
는 한 가장 오만한 태도로 짖어요"라며 브라우닝 부인은 그

*Cascine. 이탈리아 플로렌스에 위치한 도시.

에게서 약간 짜증 나는 것을 목격했다. 플러쉬와의 관계가
옛날보다 지금이 훨씬 덜 감정적이었기 때문이다. 그녀는 자
신의 경험에 결여된 것을 주었던 그의 붉은 털과 환한 눈을
더 이상 필요로 하지 않았다. 그녀는 포도밭과 올리브 나무
들 사이에서 스스로 판Pan을 찾아냈고, 저녁에 소나무 장작
이 탈 때도 판은 옆에 있었다. 브라우닝 씨가 빈둥거리고 있
으면 플러쉬는 서서 짖었다. 그러나 브라우닝 씨가 집에 머
물며 글쓰기를 선호한다면, 그것은 문제 되지 않았다. 플러
쉬는 이제 독립했다. 등나무와 나도싸리가 담장에 꽃을 피우
고 있었고, 유다나무가 정원에서 불을 뿜고 있었으며, 야생
튤립이 들판에 흩뿌려져 있었다. 왜 기다려야 하는데? 그는
홀로 내달렸다. 그는 이제 자기 자신의 주인이었다. "…… 그
는 혼자 나가서 오랜 시간을 보내요"라고 브라우닝 부인은
썼다. "…… 플로렌스의 온갖 거리를 알고 있으며, 모든 면에
서 자신만의 방식을 가지겠지요. 저는 그의 부재가 전혀 두
렵지 않아요"라고 그녀는 덧붙였다. 비어가에서 목줄로 묶는
것을 잊어버려서 말굽 아래서 그를 낚아채려고 기다리고 있
던 갱들과, 윔폴가에서의 고통스러웠던 시간들을 떠올리며
그녀는 미소를 지었다. 플로렌스에서는 두려움을 몰랐다. 이

곳에는 개 도둑들도 없었으며, 그녀는 한숨을 지었을지도 모르겠다, 아버지들도 없었다.

그러나 솔직히 말해서, 까사 기디*의 문이 열려 있었을 때 플러쉬가 잽싸게 튀어나간 것은, 어두운 교회에 침입하여 희미한 벽화를 올려다보려는 것도, 그림을 응시하려는 것도, 아니었다. 그저 즐기려는 것이었고 오랫동안 그에게 허용되지 않았던 어떤 것을 찾으려는 것이었다. 비너스의 사냥 나팔이 버크셔 들판 위로 그 야성적인 소리를 불었을 때 그는 패트리지 씨**의 개를 사랑했었다. 그녀는 그에게 새끼를 낳아줬었다. 이제 그는 플로렌스의 비좁은 거리를 따라 울려 퍼지는 똑같은 소리를 들었지만, 이 오랜 세월 동안의 침묵 후에는 더욱 긴박하고 더욱 충동적으로 들렸다. 이제 플러쉬는 사람들이 결코 알 수 없는 것을 알았다—순수한 사랑, 단순한 사랑, 온전한 사랑. 시작부터 사심이 없는 사랑, 부끄러움도 없고 후회도 없는 사랑. 잠깐 왔다가 홀쩍 가버리는, 마치

*Casa Guidi. 플로렌스의 삐띠궁전 남쪽 끝 산펠리체 광장에 있는 이 아파트에서 로버트와 엘리자베스는 1847년부터 바렛이 죽은 해인 1861년까지 거주했다. 거기서 그들의 유일한 자식인 로버트 바렛 브라우닝(일명 펜Pen으로 알려진)이 1849년에 태어났다. 까사 기디는 엘리자베스의 1851년 시집 『까사 기디의 창문들』의 대상이 되었다.

**시인이자 작가인 Lucy Olivia Hobart Partridge의 남편을 말한다.

꿀벌이 꽃에 잠시 앉았다 떠나가는 것과 같은 사랑. 오늘 그
꽃은 장미고, 내일은 백합이다. 지금은 황야에 있는 야생 엉
겅퀴고, 지금은 온실에 있는 꼿꼿한 복주머니난초다. 그렇게
다양하게, 그렇게 아무렇게나 플러쉬는 골목을 따라 점박이
스패니얼과 얼룩 개, 누런 개를 품었다. 어떤 개인지는 중요
하지 않았다. 플러쉬에게 그들은 모두 똑같았다. 그는 불어
오는 나팔소리와 살랑거리는 바람을 따라 어디든 갔다. 사랑
이 전부였다. 사랑이면 충분했다. 아무도 그의 분방한 행각을
비난하지 않았다. 플러쉬가 밤늦게 또는 다음 날 아침 일찍
돌아왔을 때 브라우닝 씨는 "그와 같이 존경할만한 개에게
무척 수치스럽다"며 웃어넘길 뿐이었다. 그리고 브라우닝 부
인도 플러쉬가 침실 바닥에 몸을 내던져 인조대리석에 새겨
진 기디 가문*의 문장 위에서 곤히 자는 모습을 보며 웃었다.
　　까사 기디의 방들은 휑하니 비어 있었다. 세속으로부터
격리하려고 천으로 가렸던 모든 물건들과 은둔의 나날은 사
라졌다. 침대는 그냥 침대일 뿐이었고, 세면대는 다만 세면대
일 뿐이었다. 모든 것이 그 자체였고 다른 것이 아니었다. 응

*10세기에 로마냐Romagna에서 유래했으며 12세기 중반에 플로렌스를 지배
한 이탈리아 귀족 가문.

접실은 컸고, 흑단을 깎아 만든 오래된 의자들이 몇 개 흩어
져 있었다. 큐피드 둘이 등불을 쥐고 있는 거울이 난로 위로
매달려 있었다. 브라우닝 부인은 스스로 인도산 숄을 버렸
다. 그녀는 남편이 좋아하는 가느다란 밝은 실크로 만든 모
자를 썼다. 그녀의 머리는 새로운 방식으로 빗질 되었다. 해
가 지고 덧문이 올라가면 그녀는 얇은 하얀색 모슬린으로 만
든 옷을 입고 발코니를 거닐었다. 그녀는 거기에 앉아서 거리
의 사람들을 지켜보고 귀 기울이고 바라보는 것을 좋아했다.

　　플로렌스에 있은 지 얼마 되지 않은 어느 밤, 거리에서
쿵쿵거리며 외치는 소리에 무슨 일이 벌어지고 있는지 보려
고 그들은 발코니로 뛰어갔다. 엄청난 군중이 밑으로 밀려들
고 있었다. 사람들이 깃발을 들고 외치며 노래 부르고 있었
다. 모든 창문이 얼굴들로 채워졌고, 모든 발코니가 사람들
로 가득했다. 창문에 있는 사람들은 거리의 사람들에게 꽃
과 월계수 잎을 던지고 있었고, 거리의 사람들—진지한 남자
들, 쾌활한 젊은 여자들—은 서로 키스하며 발코니에 있는 사
람들에게 자신들의 아기들을 들어 올렸다. 브라우닝 부부는
난간에 기대어 손뼉을 치고 또 쳤다. 깃발들이 계속해서 지
나갔다. 횃불이 그것들을 비추었다. 그중 하나에 "자유"라고

쓰여 있었다. 또 다른 깃발에는 "이탈리아 통일"이 쓰여 있었다. 그리고 "마터들*을 추모하며", "삐오 니뇨** 만세"와 "레오폴도 2세*** 만세"들이 이어졌다. 깃발들은 세 시간 반 동안 지나갔고 사람들은 환성을 질렀으며 브라우닝 부부는 발코니에서 연신 손을 흔들면서 여섯 개의 촛불을 피우며 서 있었다. 얼마 동안은 플러쉬도 그들 사이에서 창문턱에 발을 올린 채 최대한의 기쁨을 표현했다. 그러나 마침내—숨길 수가 없어서—그는 하품을 했다. "그는 그들이 다소 오래 끈다고 생각한다는 것을 드디어 고백했어요"라고 브라우닝 부인은 말했다. 피로와 의심, 상스러움이 그를 사로잡았다. 그게 다 무엇을 위한 건데? 그는 스스로에게 물었다. 대공은 누구이며, 그가 무엇을 약속했는데? 왜 그들 모두 그렇게 터무니없이 흥분하지? 깃발들이 지나갈 때 계속해서 손을 흔드는

---

*Martyrs. 순교자란 뜻. 1834년 영국 톨퍼들 마을에서 노동조합 지부를 만들어 7년간의 추방형에 처해진 여섯 명의 농장 노동자들을 말한다.

**Pio Nono(1792~1878). 교황 비오 9세의 이탈리아식 이름.

***Leopoldo Secondo(1797~1870). 투스카니의 대공(1824~1859)이었다. 1824년에 아버지에게서 이어받아 자유주의적인 행정, 사법 및 교육 개혁을 지속하고 교통 체계를 개선했다. 대중적이고 민주적인 교황 비오 9세가 선출된 후 이탈리아 전역에 자유주의 열풍이 불었고, 레오폴도는 정부에 헌법을 부여한 최초의 이탈리아 통치자 중 한 명이 되었다.

브라우닝 부인의 열렬한 환호는 그를 다소 짜증 나게 했다.
대공을 향한 그러한 열정이 과장되어 있다고 그는 느꼈다. 그
러고 나서, 대공이 지나갈 때, 그는 작은 개 한 마리가 문 앞
에서 멈췄다는 것을 알게 되었다. 브라우닝 부인이 어느 때
보다 열광했을 때를 기회로 삼아 그는 발코니에서 미끄러지
듯 내려와 급히 내뺐다. 깃발들과 군중들 사이로 그는 그녀
를 따라갔다. 그녀는 멀리 더 멀리 플로렌스 한복판으로 달
아났다. 외침소리가 저 멀리에서 들렸다. 사람들의 환호가 침
묵 속으로 잦아들었다. 횃불의 불빛이 꺼졌다. 플러쉬가 점박
이 스패니얼과 함께 진흙에 놓인 낡은 바구니 안에서 웅크
리고 누워서 본 아르노 강의 잔물결 속에는 한두 개의 별만
이 반짝이고 있었다. 태양이 하늘에 솟아오를 때까지 그들
은 사랑의 환희에 빠져 누워있었다. 플러쉬는 다음 날 아침
아홉 시가 되어서야 돌아왔으며, 브라우닝 부인은 그를 다
소 얄궂게 맞이했다. 그는 적어도 그날이 그녀의 첫 번째 결
혼기념일이었다는 것을 기억했을 거라고, 그녀는 생각했다.
그러나 그녀는 "그가 무척이나 즐거운 시간을 보낸 것 같았
어요"라고 짐작했다. 그것은 사실이었다. 그녀가 대공의 약속
과 깃발들의 격렬한 열망, 4만 명의 사람들이 쿵쿵 걷는 소

리 속에서 이루 말할 수 없는 만족감을 찾는 동안, 플러쉬는
문 앞에 있는 작은 개를 그지없이 좋아했다.

　브라우닝 부인과 플러쉬가 발견의 항로 속에서 서로 다
른 결론에 도달했다는 것은—그녀는 대공이었고, 그는 점박
이 스패니얼이었다—의심의 여지가 없다. 그럼에도 아직 그
들을 함께 묶고 있는 유대가 여전히 묶여 있다는 것도 부정
할 수 없다. 플러쉬는 "반드시"라는 것을 폐지하고 금홍색의
꿩들이 훨훨 날아다니는 까시네 정원의 에메랄드빛 풀밭에
서 자유롭게 뛰어다닌 지 얼마 지나지 않아 좌절감을 느꼈
다. 그는 한 번 더 주저앉아야 했다. 처음에는 1849년 봄에
브라우닝 부인이—한낱 암시일 뿐인—바느질로 바빠졌다는
것에 불과했다. 그런데 플러쉬로 하여금 진지하게 생각하도
록 만든 광경이 있었다. 그녀는 바느질에 익숙하지 않았다.
그는 윌슨이 침대에 이불을 깐 뒤, 서랍을 열어 흰옷을 그 안
에 넣는 것에 주목했다. 타일 바닥에서 머리를 들어 올려, 그
는 주의 깊게 듣고 보았다. 한 번 더 무슨 일이 일어나려고
하는 것일까? 그는 걱정스럽게 트렁크와 짐들이 보내는 신호
를 살펴봤다. 또 다른 탈출, 또 다른 도주가 있는 것일까? 그
런데 무엇으로부터, 무엇에의 탈출이지? 여기에 두려워할 것

은 아무것도 없다고, 그는 브라우닝 부인에게 장담했다. 플로렌스에서는 테일러 씨나 갈색 종이 소포에 싸여진 개들의 머리를 걱정할 필요가 없었다. 그럼에도 그는 당혹스러웠다. 그들을 판독해 보건대, 변화의 징조는 탈출을 의미하는 것이 아니었다. 그들은 훨씬 더 알다가도 모를 기대감을 내비치고 있었다. 브라우닝 부인이 그토록 침착하게, 그러면서도 조용하고 한결같이, 낮은 의자에 앉아 뜨개질하는 것을 지켜보면서 그는 몹시 두려운, 피할 수 없는 무언가가 도래하고 있음을 느꼈다. 수 주일이 지나도 브라우닝 부인은 좀처럼 집을 나가지 않았다. 거기에 앉아서 어떤 엄청난 사건을 고대하고 있는 것 같았다. 그녀가 테일러와 같은 악당과 홀로 맞닥뜨려서, 아무 도움도 받지 못한 채 주먹으로 얻어터지는 것은 아닐까? 그 생각에 미치자 플러쉬는 불안감에 덜덜 떨었다. 확실히 그녀는 도피하려는 의도가 없었다. 포장된 상자들도 없었다. 그 누구도 집을 떠나려 하는 표식이 없었다. 그보다는 오히려 누군가가 오고 있다는 징조가 있었다. 질투심과 불안감에 사로잡힌 플러쉬는 새로 오는 손님마다 세심히 살폈다. 블라그덴 양, 랜도 씨, 해티 호스머, 리턴 씨 등* 많은 신사 숙녀들이 까사 기디에 왔다. 매일같이 브라우닝 부인은 거기 안락의자에 앉아 조용히 바느질을 했다.

그러던 3월 초 어느 날, 브라우닝 부인이 거실에 전혀 모습을 드러내지 않았다. 다른 사람들은 들락날락했고, 브라우닝 씨와 윌슨도 들락날락했다. 그리고 그들이 그렇게 정신없이 들락날락거리자 플러쉬는 소파 밑에 숨어버렸다. 사람들이 계단을 쿵쾅거리며 오르내렸고, 익숙하지 않은 목소리로 낮게 속삭이거나 말도 없이 부르고 달려가는 소리가 났다. 그들은 위층의 침실로 움직이고 있었다. 그는 소파 그늘 밑으로 더욱더 멀리 기어들어갔다. 그는 어떤 변화가 일어나고 있다는 것을 온몸으로 느낄 수 있었다. 어떤 끔찍한 사건이 벌어지고 있는 것이었다. 그래서 그는 몇 년 전처럼 계단에서 두건을 쓴 남자의 발걸음을 기다렸다. 그리고 마침내

*Isa 혹은 Isabella Jane Blagden(1816 혹은 1817~1873)은 인도 출신의 소설가, 시인. 플로렌스에 있는 영국인 공동체에서 삶의 대부분을 지내면서 엘리자베스 바렛 브라우닝과 친교를 쌓았다. Walter Savage Landor(1775~1864)는 영국의 시인, 작가. 유럽에서 전전하다 이탈리아의 플로렌스에 정착하였다. 엘리자베스 바렛 브라우닝의 친구로 지냈으며 무덤도 그녀 가까이에 있다. Harriet Goodhue Hosmer(1830~1908)는 19세기 미국에서 가장 저명한 여성 조각가로 여겨지는 신고전주의풍의 조각가. 대표작 중 하나인 '움켜쥔 손'은 브라우닝 부부가 손을 맞잡은 모습을 모델로 만든 것이다. Robert Bulwer-Lytton(1831~1891)은 영국의 외교관이자 작가로 오언 메러디스Owen Meredith라는 필명으로 알려져 있다. 뒤에 나오는 에드워드 불워 리턴 경의 아들이다.

문이 열렸고 바렛 '아가씨'가 "브라우닝 씨!"라고 외쳤다. 지금 누가 오고 있는 걸까? 두건을 쓴 어떤 남자? 그날이 지나갈수록 그는 철저히 혼자 남겨졌다. 그는 음식이나 물도 마시지 않고 응접실에 누워있었다. 수천 마리의 점박이 스패니얼들이 문 앞에서 코를 킁킁거렸더라도 그는 그들을 멀리했을 것이다. 시간이 지나면서 그는 외부에서 집으로 뭔가 들이닥치고 있다는 격한 감정에 휩싸였다. 그는 커튼 주름장식 밑에서 몰래 내다봤다. 등불을 쥐고 있는 큐피드들, 흑단 수납함들, 프랑스 의자들, 모두가 뿔뿔이 내몰리고 있었다. 그는 마치 그가 볼 수 없는 어떤 것에게 자리를 내주기 위해 벽에 밀쳐지고 있는 듯한 느낌을 받았다. 그는 일단 브라우닝 씨를 봤지만, 그는 그 브라우닝 씨가 아니었다. 윌슨도 봤지만 그녀 역시 변해 있었다. 마치 그들 둘 다, 그가 느끼고 있는, 보이지 않는 존재를 보고 있는 것 같았다.

얼굴이 퍽 붉어지고 헝클어졌지만 의기양양한 윌슨이 마침내 그를 품에 안고 위층으로 데려갔다. 그들은 침실로 들어섰다. 어둑어둑한 방 안에 연약한 울음소리가 있었고, 무언가가 쿠션에서 꼼지락거리고 있었다. 그것은 살아있는 동물이었다. 거리로 난 문을 열지도 않은 채, 그들 모두와 상관

없이, 브라우닝 부인은 방 안에서 홀로 두 사람이 되었던 것이다. 그 진저리나는 것이 그녀 곁에서 앵앵 울며 바동거리고 있었다. 분노와 질투, 그리고 일종의 깊은 혐오감으로 가슴이 찢어지는 것을 그는 숨길 수 없었다. 플러쉬는 벗어나려고 몸부림치며 아래층으로 달려갔다. 윌슨과 브라우닝 부인이 그를 다시 불렀다. 그들은 그를 쓰다듬으면서 꼬시려 들었고, 음식도 한 입 권했지만, 소용없는 짓이었다. 그는 그 역겨운 광경, 그 혐오스러운 존재로부터 벗어나 어둑어둑한 소파나 어두운 구석이라면 어디서든 웅크리고 있었다. "⋯⋯ 꼭 2주 동안 그는 깊은 비애에 빠졌고 그에게 아낌없이 주었던 관심에도 전혀 마음을 열지 않았어요." 그래서 브라우닝 부인, 그녀의 다른 즐거움이 있는 와중에도, 그를 주시할 수밖에 없었다. 우리가 인간의 분들과 시간들을 개의 마음으로 생각할 때, 당연히 그렇게 해야만 하고, 어떻게 일 분이 한 시간이 되고 그 시간들이 날들이 되는지를 안다면, 플러쉬의 "깊은 비애"가 인간의 시계에 의하면 온전히 6개월간 지속되었다고 결론짓더라도 과장이 아니다. 뭇 남자들과 여자들은 그보다 더 짧은 시간 안에 그들의 증오와 그들의 사랑을 잊어버려 왔다.

그러나 플러쉬는 더 이상 윔폴가 시절의 교육받지 않고 훈련받지 않은 개가 아니었다. 그는 교훈을 얻었었다. 윌슨은 그를 때렸었다. 그는 신선할 때 먹었어야 할 케이크를 부패했을 때 삼켜야만 했었다. 그는 사랑하고 물지 않기로 맹세했었다. 소파 밑에 누워있는 동안 이 모든 것이 그의 마음 속을 휘저었다. 그리고 드디어 그는 나왔다. 다시 그는 보상을 받았다. 처음에 그 보상은 전적으로 유쾌하지 않았다고 까지는 할 수 없지만, 대단찮은 것이라는 건 인정해야 한다. 아기는 그의 등을 기습했고, 그의 귀를 잡아당길 때면 플러쉬는 바삐 돌아다녀야만 했다. 그러나 그는 귀가 잡아당겨질 때 선선히 항복해야 했고, "그 작은, 옴폭 들어간 맨발에 키스하기" 위해서는 몸을 돌려세워야 했으나, 3개월이 지나기도 전에 이 무력하고 연약하며 응애응애 우는 옹고집 덩어리가 어찌된 일인지―브라우닝 부인의 말을 빌자면 "대체로"―다른 사람들보다 그를 더 좋아하기 시작했다. 그러자 정말 묘하게도 플러쉬는 자기가 아기의 애정에 화답하고 있다는 것을 알았다. 그들은 공통점을 공유하고 있지 않은가? 아기는 어떤 식으로든 여러모로 플러쉬와 닮지 않았는가? 그들은 같은 시각, 같은 취향을 가지고 있지 않은가? 예를 들어, 풍경

의 문제를 보자. 플러쉬에게 모든 풍경은 재미가 없었다. 그
는 이만큼 살아오는 동안 산에 시선을 집중하는 법을 전혀
알지 못했다. 그들이 그를 발롬브로사*에 데려갔을 때 온 숲
의 장관은 그에게는 지루할 뿐이었다. 아기가 몇 개월 지난
이제 다시, 그들은 마차로 여행하는 또 다른 긴 여행을 계속
했다. 아기는 보모의 무릎 위에 누워있었고, 플러쉬는 브라
우닝 부인의 무릎 위에 앉아있었다. 마차는 계속해서 달리
고 또 달렸고 아펜니노 산** 정상에 힘겹게 올랐을 때 브라
우닝 부인은 기쁨으로 거의 제정신이 아니었다. 그녀는 창문
에서 떨어질 줄 몰랐다. 그녀는 영어 전체를 뒤져서도 그녀
의 느낌을 표현할 충분한 단어를 찾을 수 없을 것 같았다.
"…… 아펜니노의 더없이 절묘한, 거의 환영과도 같은 절경,
그 다채로운 형태와 빛깔의 경이로움, 산맥의 급속한 변천과
힘찬 개성, 무게에 의해 협곡으로 늘어지는 밤나무 숲, 휘도
는 급류로 인해 쪼개지고 긁혀지는 바위들, 마치 스스로 했
다는 듯 웅장한 존재감을 쌓아 올리는 나지막한 산 너머의

*Vallombrosa. 이탈리아 중부, 플로렌스 부근의 휴양지. 베네딕트회의 수도
원과 숲으로 유명하다.
**Apennines. 이탈리아 반도의 서북에서 동남으로 뻗은 산맥.

산, 산들, 공들여 변화하는 색채들"―아펜니노의 아름다움
은 존재를 서로 긍정적으로 무너뜨리면서 그렇게 많은 말을
낳게 했다. 그러나 아기와 플러쉬는 이러한 자극, 이러한 불
충분함에서 아무것도 느끼지 못했다. 둘 다 침묵했다. 플러
쉬는 "창밖으로 머리를 내밀고 볼만한 가치가 있다고 여기지
않았어요. …… 그는 나무나 언덕과 같은 종류의 것에 대해
극도의 경멸감을 갖고 있었어요"라고 브라우닝 부인은 결론
내렸다. 마차가 덜커덩거리며 나아갔다. 플러쉬도 잤고 아기
도 잤다. 그런 뒤 마침내 창문을 지나치는 불빛과 집, 남자들
과 여자들이 있었다. 그들은 마을로 들어섰다. 그 즉시 플러
쉬는 온갖 관심을 쏟으며 "…… 미친 듯이 열심히 내다보는
거예요. 동쪽을 바라보는가 하면, 서쪽도 바라보고요. 이것
은 그 광경들을 주목하거나 기꺼이 받아들일 채비를 갖추는
것이라고 결론지을 수 있겠죠." 그의 마음을 흔든 것은 아름
다움이 아니라 인간의 광경이었다. 아름다움이란 적어도 초
록빛 혹은 보랏빛 가루의 결정체로 되어 있어, 플러쉬의 감
각이 닿기 전에 어느 천상의 주사기에 의해 그의 콧구멍 뒤
에 드리워진 잔털의 경로를 따라 뿜어져 나오는 것이 아닐
까. 그리고 그것은 말이 아니라 침묵의 환희 속에서 발하는

것이 아닐까. 브라우닝 부인이 본 곳에서 그는 냄새를 맡았다. 그녀가 쓴 곳에서 그는 코를 킁킁거렸다.

여기서, 그렇다면, 전기작가는 부득이하게 잠시 멈추어야만 한다. 우리가 본 것을 말하기에는 2천 혹은 3천 단어로도 충분하지 않고—게다가 브라우닝 부인 스스로 아펜니노에서 쩔쩔매면서 "이러한 말로는 당신에게 어떤 느낌도 전할 수 없어요"라고 인정했듯이—우리가 맡은 냄새를 전하는 것은 단 두 마디나 두 마디 반에 지나지 않기 때문이다. 인간의 후각은 실질적으로 거의 존재하지 않는다. 세상에서 가장 위대한 시인들도 한편으로는 장미 향기를 다른 한편으로는 똥 냄새를 맡아왔을 뿐이다. 그 둘 사이에 놓여있는 무한한 농담濃淡은 기록되지 않았다. 그러나 플러쉬가 살았던 대부분의 세계는 냄새의 세계였다. 사랑은 주로 냄새였고, 형태와 빛깔도 냄새였다. 음악과 건축, 법률, 정치, 과학도 냄새였다. 그에게는 종교 자체도 냄새였다. 그가 매일 먹는 고기와 비스킷이라는 가장 단순한 경험을 묘사하는 것은 우리의 능력을 넘어서는 것이다. 스윈번* 씨조차도 뜨거운 6월 오후의

*Algernon Charles Swinburne(1837~1909). 영국 시인, 평론가. 빅토리아 시대의 가장 뛰어난 서정시 시인 중 한 명이었으며 당대의 보수적 가치에 대한 반란의 상징이었다.

윔폴가의 냄새가 플러쉬에게 무엇을 의미하는지 말할 수 없
었을 것이다. 장뇌樟腦에 비축해두었던 횃불, 월계수, 향료, 깃
발, 밀초와 장미 화관 이파리들을 부드러운 발뒤꿈치로 으깨
뒤섞은 냄새를 스패니얼이 맡은 냄새로 묘사하는 것은 아마
셰익스피어라도 『안토니오와 클레오파트라』를 쓰는 도중 멈
췄을 것이다─비록 셰익스피어는 멈추지 않았지만. 우리의
불충분함을 고백하자. 그러면 우리는 플러쉬에게 있어 가장
완전하고 가장 자유롭고 가장 행복한 이탈리아에서의 삶은
주로 일련의 냄새라고 할 수밖에 없을 것이다. 사랑은 점차
매력을 잃어가고 있을지라도 냄새는 남아 있다. 그들이 다시
까사 기디에 자리 잡은 이래, 모두가 자신들의 본업을 가졌
다. 브라우닝 씨는 한 방에서 규칙적으로 글을 썼다. 브라우
닝 부인은 또 다른 방에서 규칙적으로 글을 썼다. 아기는 아
기방에서 놀았다. 그러나 플러쉬는 플로렌스의 거리를 정처
없이 떠돌며 냄새의 향연을 즐겼다. 그는 냄새를 따라 대로
와 뒷길, 광장과 골목을 요리조리 돌아다녔다. 그는 거친 냄
새, 반듯한 냄새, 어두운 냄새, 황금빛 냄새를 맡으며 나아갔
다. 그는 황동을 두드려 펴는 곳, 빵을 굽는 곳, 여자들이 앉
아서 머리를 빗는 곳, 둑방길 위에 새장들이 높이 쌓여있는

곳, 포도주가 도로 위에 검붉은 얼룩을 흩뜨리는 곳, 가죽과 마구 그리고 마늘 냄새가 나는 곳, 직물을 베틀질하는 곳, 포도나무의 이파리들이 파르르 떠는 곳, 남자들이 앉아서 술을 마시고 침을 뱉고 놀음을 하는 곳 등을 들락날락하며 오르락내리락했다. 그는 항상 코를 땅에 박고 다니면서 그 향에 넋을 잃거나, 향기가 진동하는 공중에 코를 대고 사방으로 뛰어다녔다. 그는 햇볕이 뜨겁게 내리쬘 때 잤다—햇볕 때문에 바위에선 얼마나 지독한 악취가 풍기던지! 그는 그늘진 곳을 찾았다—바위에선 그늘 때문에 얼마나 신맛이 나던지! 그는 보랏빛 냄새 때문에 주로 잘 익은 포도송이들을 먹어 치웠고, 이탈리아인 주부가 발코니에서 던진 마카로니나 염소고기의 질긴 잔해라면 무엇이든 씹고 뱉었다. 염소고기와 마카로니에서는 시끌벅적한 냄새, 진홍색 냄새가 났다. 그는 기절할 듯 달콤한 향을 따라 어두운 대성당의 보랏빛 복잡함 안으로 들어가서는 코를 벌름거리며 무덤에 있는 스테인드글라스 창문의 황금빛을 핥으려고 했다. 촉감도 못지않게 예민했다. 그는 플로렌스 안에 대리석과 같은 매끄러움, 모래와 자갈과 같은 거침이 있다는 것을 알았다. 돌로 만든 회백색의 주름 잡힌 휘장들, 매끈한 손가락들과 발들은 그의 주

둥이가 전율을 일으키며 혀로 핥는 것을 받아줬다. 그는 위
풍당당한 라틴어 비문에 한없이 민감한 발바닥으로 선명하
게 도장을 찍었다. 요컨대, 그는 어떤 인간 존재도 지금까지
알아온 것이 아닌 다른 식으로 플로렌스를 알았다. 러스킨*
이나 조지 엘리엇**도 결코 그렇게는 알지 못했던 것을. 그는
말을 못하는 자만이 알 수 있는 식으로 그것을 알았다. 그의
무수한 감각 중 단 한 가지도 말의 기형성에 휘둘리지 않았다.

　아기가 날마다 새로운 말을 익힘으로써 도달하는 것 너
머 저편의 감각을 훨씬 더 없애버렸다고 주장하거나, 플러쉬
의 중장년기의 삶이 말로는 다할 수 없는 쾌락의 향연이었
다고 추론하는 것이 전기작가로서는 기쁜 일이겠지만, 플러
쉬는 본질이 극도로 순수하게 존재하는 낙원, 그리고 만물
이 아무런 꾸밈도 없이 존재하는 낙원에 영원히 남도록 운
명 지어졌다는 것—그것은 사실이 아닐 것이다. 플러쉬는 전
혀 그 같은 낙원에 산 것이 아니었다. 인간의 집들과 장작불

*John Ruskin(1819~1900). 영국의 비평가. 사회 사상가. 예술미의 순수감상을
주장하고 "예술의 기초는 민족 및 개인의 성실성과 도의에 있다"고 하는 자신
의 미술원리를 구축해 나갔다.
**George Eliot(1819~1880). 영국의 소설가. 심리묘사와 도덕, 예술에 대한 뛰어
난 지적 탐구심으로 인해 20세기 작가의 선구적 역할을 수행했다는 말을 듣는다.

의 연기가 모락모락 피어오르는 광경 근처에서는 결코 보이
지 않는, 별에서 별에 이르는 영혼, 눈 덮인 극지방에서 열대
림까지 가장 멀리 나는 새의 영혼은, 잘은 모르지만, 그 같
이 의무에서 벗어난 특전, 그 같이 온전한 더없는 행복을 누
릴 것이다. 그러나 플러쉬는 인간의 무릎 위에 누워왔고 사
람들의 목소리를 들어왔다. 그의 육체는 인간의 열정을 가
진 맥으로 뛰었다. 그는 온갖 단계의 질투와 분노, 절망을 알
았다. 이제 여름에 그는 벼룩 때문에 몹시 시달렸다.[7] 역설적
으로 잔인하게도, 태양은 잘 익은 포도를 선사했지만 벼룩
또한 가져왔던 것이다. "…… 이곳 플로렌스에서 사보나롤라*
의 순교[의 고통]는 플러쉬가 여름에 견뎌야 하는 고통보다 더
크지는 않아요"라고 브라우닝 부인은 썼다. 플로렌스 주택들
의 온 구석구석마다 벼룩이 살아 뛰어다녔다. 그들은 온갖
오래된 석조의 틈새에서, 온갖 오래된 태피스트리의 주름에
서, 온갖 외투와 모자, 담요에서 폴짝폴짝 깡충깡충 뛰어다
녔다. 그들은 플러쉬의 털 속에 보금자리를 틀었다. 그들은
털 가장 깊숙한 곳으로 물고 들어갔다. 그는 몸을 긁었고 털

*Girolamo Savonarola(1452~1498). 이탈리아 종교 개혁의 선구자로서 교회의
부패와 메디치가의 전제에 반대하여 민주적 개혁을 단행하고, 신권정치를 시
행, 교황이 이단이라 하여 화형에 처하였다.

을 쥐어뜯었다. 건강이 나빠졌고, 침울하고 야위고 열이 났다. 미트포드 아가씨에게 호소할 지경이었다. 거기에 벼룩 치료법이 있는지, 브라우닝 부인이 근심에 차 썼다. 미트포드 아가씨는 여전히 쓰리마일크로스에 있는 온실에 앉아서, 여전히 비극을 쓰고 있다가, 펜을 내려놓고는 오래전 처방전을 찾았다. 메이플라워와 로즈버드*에게 썼던 처방전이었다. 그러나 레딩의 벼룩들은 여차하면 죽었지만, 플로렌스의 벼룩들은 핏발이 섰고 번식력이 좋았다. 그 벼룩들은 미트포드 아가씨의 분말가루를 그저 냄새나 맡는 정도였다. 절망에 빠진 브라우닝 부부는 물 한 통을 옆에 두고 무릎을 꿇고 앉아 비누와 솔로 해충을 없애기 위해 전력을 기울였다. 소용없었다. 결국 어느 날 플러쉬를 데리고 산책하던 브라우닝 씨는 사람들이 가리키는 것을 주목했다. 그는 한 남자가 손가락을 코에 대고 "옴(피부병)"이라고 소곤대는 것을 들었다. 이때쯤에는 "로버트는 나만큼 플러쉬를 좋아해요"라며 오후에 산책을 함께 하는 친구인데, 그런 친구를 그렇게 낙인찍

---

*메이플라워는 메리 러셀 미트포드가 키우던 하얀색 그레이하운드의 이름으로 그녀가 쓴 『우리 마을』에 나와 있지만, 로즈버드는 구체적인 언급이 없어 다만 개의 이름으로 추정할 수 있다.

게 하는 것은 참을 수 없는 노릇이었다. 그의 아내는 로버트
가 "더 이상 견디지 못할 것"이라고 썼다. 단 하나의 치료법이
남아있었지만 그것은 거의 질병 자체만큼이나 과감한 치료
법이었다. 플러쉬가 아무리 민주적이 되었고 계급적 표징에
무관심하게 되었다 해도, 그는 여전히 필립 시드니가 태생이
귀족이라고 불렀던 그대로였다. 그는 자신의 혈통을 등에 달
고 있었다. 털은 그에게 드넓은 토지가 단 하나의 지역으로
축소된 빈곤한 대지주에게 의미하는 가문의 문장이 새겨진
금시계를 의미했다. 브라우닝 씨가 이제 희생시키자고 제안
한 것은 바로 그 털이었다. 그는 플러쉬를 부르고는 "가위를
가지고 사자 모양으로 모조리 잘라버렸다."

　로버트 브라우닝이 싹둑싹둑 자르면서, 코커스패니얼의
휘장이 바닥으로 떨어지면서, 목둘레에 무척이나 다른 동물
로의 우스꽝스런 모방품이 생겨나면서, 플러쉬는 스스로 무
기력해지고 폄하되고 창피하다고 느꼈다. 나는 이제 누구인
가? 거울을 들여다보며 그는 생각했다. 그리고 거울은 거울
의 잔인한 진정성을 담아 대답했다. "넌 아무것도 아니야." 그
는 아무것도 아니었다. 분명 그는 더 이상 코커스패니얼이 아
니었다. 이제는 홀랑 벗겨져 구불거리지 않는 귀를 보자 경련

이 나는 것 같았다. 그것은 마치 강력한 진실의 영혼인 듯했
으며, 속삭이며 비웃는 것 같았다. 아무것도 아닌 존재—그
것은 결국 온 세상에서 가장 만족스러운 상태가 아니던가?
그는 다시 보았다. 목둘레에 갈기가 있었다. 자신이 좀 특별
하다고 주장하는 사람들의 거드름을 희화화하는 것—그것은
그 나름의 이력을 쌓는 길 아니던가? 어쨌든, 문제의 해결책
으로서, 그가 벼룩에서 해방된다는 것은 의심할 여지가 없
다. 그는 목둘레 털을 흔들었다. 그는 가늘어진 다리와 알몸
으로 날뛰었다. 그는 활기가 솟았다. 대단히 아름다웠던 한
여인이 그렇듯, 병상에서 일어나 영원히 손상된 자신의 얼굴
을 발견하면서 옷과 화장품을 태워버리고는, 이젠 다시 거
울을 들여다볼 필요도, 연인의 냉정함이나 연적의 아름다
움도 두려워할 필요가 전혀 없게 되었다고 생각하면 기쁘게
웃을 수도 있다. 성직자가 그렇듯, 20년 동안 녹말로 만든 음
식과 모직으로 만든 옷으로 둘러싸이면, 옷깃을 쓰레기통에
던져버리고 벽장에서 볼테르의 작품들을 치워버릴 수도 있
다. 그렇듯 플러쉬도 사자 모양으로 전신의 털이 깎이자 달
아나 버렸지만, 벼룩으로부터는 해방되었다. 브라우닝 부인
은 여동생에게 편지를 썼다. "플러쉬는 현명해." 그녀는 행복

은 오직 고통을 통해서만 도달된다는 그리스 속담을 생각하
고 있는 것 같았다. 진정한 철학자는 털을 잃었으나 벼룩에
서 해방된 바로 그다.

　　그러나 플러쉬는 얼마 가지 않아 새로이 얻은 철학을 시
험대에 올려야 했다. 1852년 여름에 다시 까사 기디에 위기
를 알리는 징조가 있었다. 소리 나지 않게 서랍을 열어서 물
건들을 모으는 거나 상자에 끈이 매달린 채 두는 것은, 양치
기에게 번개를 예고하는 구름만큼이나 정치가에게 전쟁을
예고하는 소문만큼이나 개에게는 위협적인 것이었다. 또 다
른 변화, 또 다른 여행을 가리키는 것이었다. 그런데 그게 뭐
지? 트렁크가 끌어내려지고 끈으로 묶였다. 아기는 보모의
팔에 안겨졌다. 브라우닝 부부는 여행객 차림으로 나타났다.
문 앞에 승객용 마차가 있었다. 플러쉬는 복도에서 침착하게
기다렸다. 그들이 준비가 되면 그도 준비가 된 것이었다. 그
들 모두가 마차 안에 앉았을 때 플러쉬는 그들 뒤에 한 번의
도약으로 가볍게 뛰어올랐다. 베니스로, 로마로, 파리로―그
들은 어디로 가는 것일까? 이제 그에게는 모든 나라가 동등
했다. 모든 사람들이 그의 형제였다. 그는 마침내 그러한 교
훈을 얻었다. 그러나 최종적으로 불분명한 장소를 벗어났을

때 그는 자신이 가진 모든 철학을 필요로 했다—그는 런던
에 있었던 것이다.

벽돌들이 규칙적으로 늘어선 멋진 가로수길에 집들이 좌
우로 펼쳐져 있었다. 인도는 서늘했고 발밑은 딱딱했다. 그리
고 그곳에, 황동 문고리가 달린 마호가니 문에서, 보라색 플
러시 천으로 만든 큼지막한 옷을 입은 여인이 나오고 있었
다. 꽃으로 장식된 밝은 화관이 그녀의 머리에 얹혀 있었다.
하인이 허리를 굽히면서 사륜 포장마차의 승강단을 내리는
동안 그녀는 옷 주름을 가지런히 여미면서 경멸하듯 거리를
위아래로 훑어보았다. 웰벡가*—그곳이 웰벡가였으므로—전
체가—이탈리아의 불빛처럼 선명하고 맹렬한 불빛은 아니었
지만—화려하게 빛나는 붉은 불빛으로 둘러싸여 있었고, 수
많은 바퀴들이 내는 황갈색 먼지와 수많은 말발굽들이 내리
밟는 소리들로 곤욕을 치르고 있었다. 런던 시즌**이 절정에

---

*Welbeck Street. 런던 중심가인 웨스트엔드의 거리.
**London season. 17~18세기에 진화했으며, 19세기에 정점을 이룬 영국 상류
층들의 사교를 위한 기간. 영국에서는 매년 1월부터 의회가 시작되었기 때문
에 지방에 있던 귀족과 상류층들이 12월부터 런던이나 런던 근교에 모여 사교
의 계절을 보냈다. 성수기는 4월 부활절 즈음이었고, 6월에 종료되었다. 18세
이상 된 딸이 사교계에 얼굴을 내비쳐 좋은 신랑감을 찾는 것도 그중 하나의
목표였으며 여러 행사가 열렸다.

달해 있었다. 웅웅거리며 뒤섞인 무수한 소리가 먹구름처럼 짙게 드리우며 하나의 으르렁거리는 소리들로 합쳐져 도시를 뒤덮고 있었다. 위엄 있는 디어하운드를 목줄에 묶고 다니는 시동侍童이 지나갔다. 경찰이 성큼성큼 돌아다니면서 눈을 똑바로 뜨고 좌우를 훑어보았다. 스튜 냄새, 쇠고기 냄새, 육즙 냄새, 양배추소고기볶음의 냄새가 수많은 지하층에서 올라왔다. 제복을 입은 하인이 편지를 우체통에 넣었다.

대도시의 장려함에 맥을 못 춘 플러쉬는 문간에서 잠시 발을 멈췄다. 윌슨도 멈췄다. 이탈리아의 문명, 궁정과 혁명, 대공과 그들의 호위병이 이제 얼마나 보잘것없어 보이는지! 그녀는 경찰관이 지나갈 때 결국 리기 씨와 결혼하지 않은 것을 신에게 감사했다. 그런데 그때 불길한 인물이 모퉁이에 있는 선술집에서 나왔다. 한 남자가 곁눈으로 흘겨보았다. 플러쉬는 한달음에 달려가 집안의 빗장을 질렀다.

몇 주 동안 그는 웰벡가의 하숙집 거실에 거의 감금되다시피 했다. 감금이 여전히 필요했기 때문이었다. 콜레라가 왔으며, 콜레라가 빈민굴의 상태를 개선하는 데 일조했다는 것은 사실이지만, 충분한 것은 아니었다. 아직도 개들이 도둑맞고 있었으며 윔폴가의 개들은 여전히 목줄에 묶여 다녀야 했

기 때문이다. 플러쉬는 당연히 사교계에 나갔다. 그는 우체통
과 선술집 바깥에서 개들을 만났고, 그들은 같은 종의 좋은
혈통을 타고난 그가 돌아온 것을 환영했다. 동양에서 평생을
살았고 토착민들의 습관에 길들여진 한 영국인 귀족이—들
리는 소문으로는 그가 이슬람교도로 전향했으며 중국인 세
탁부 여성에게서는 아들을 낳았다는데—이러한 일탈을 못 본
체 눈감아줄 준비가 된 옛 친구들이 궁정에 마련한 자리에
앉아, 비록 그의 아내에 대한 언급은 없지만, 가족과 함께 기
도하는 것을 당연하게 받아들이며 채스워스의 부름에 응하
듯, 윔폴가의 포인터들과 세터들은 그들 사이에서 플러쉬를
환영하며 그의 털 상태를 못 본 체 눈감아줬다. 그러나 지금
플러쉬가 보기에 런던의 개들 사이에는 어떤 병적인 상태가
있었다. 칼라일* 부인의 개 네로가 자살하려는 의도를 가지고
꼭대기층 창문에서 뛰어내렸다는 것은 모두가 아는 상식이었
다.[8] 사람들이 말하기를, 그는 체인 로**에서의 삶의 중압감이
견딜 수 없다는 것을 알았다고 한다. 플러쉬는 웰벡가에 다
시 돌아왔을 때 그 말을 정말로 제대로 이해할 수 있었다. 감

*Thomas Carlyle(1795~1881). 스코틀랜드의 비평가, 역사가, 풍자가.
**Cheyne Row. 런던의 첼시의 유서 깊은 거리. 토머스 칼라일과 제인 칼라일
(1801~1866) 부부는 1834년 이곳에 이사 왔으며, 현재 칼라일 기념박물관이 있다.

금, 작은 물체들 무리, 밤의 바퀴벌레, 낮의 청파리, 여간해서 사라지지 않는 양고기 냄새, 찬장에 끊임없이 존재하는 바나나들—게다가 두꺼운 옷을 입었지만 자주 씻지 않거나 제대로 씻지 않은 여러 사람이 좁은 공간에 모이는 것까지 더해서 이 모든 것이 그의 성질을 돋우고 그의 신경을 혹사시켰다. 그는 하숙집의 낮은 찬장 아래 몇 시간이고 누워있었다. 밖으로 달려나가는 것은 불가능했다. 현관문은 항상 잠겨 있었다. 그는 누군가 그를 목줄로 이끌고 갈 때까지 기다려야 했다.

두 건의 사건만으로도 그가 런던에서 보냈던 몇 주 동안의 단조로움이 깨졌다. 그해 여름 어느 날 늦게 브라우닝 부부는 파넘*에 있는 찰스 킹즐리 신부**를 방문했다. 이탈리아의 대지는 헐벗고 벽돌처럼 딱딱했을 것이다. 벼룩도 만연했을 것이다. 축 처져서 이리저리 그늘을 찾아다녔을 것이고, 도나텔로***의 조각상 중 하나가 들어올린 팔이 드리워주는 그늘조차도 감사해할 것이다. 그러나 여기 파넘에는 녹

*Farnham. 잉글랜드 남동부 웨이벌리 자치구의 서리Surrey에 있는 도시.
**Charles Kingsley(1819~1875). 영국의 소설가. 성공회 사제로 기독교 사회주의 운동가이기도 하다.
***Donatello(1386?~1466): 이탈리아의 조각가. 예리한 사실주의와 유기적인 인체 구성으로 르네상스의 조각 양식을 확립, 그 시대와 후대에 큰 영향을 미쳤다.

색 풀밭으로 된 들판이 있었다. 푸른 물이 솟아나기도 했다. 살랑거리는 숲이 있었고, 잔디가 무척 고와서 그것을 밟으면 발이 튀어 올랐다. 브라우닝 부부와 킹즐리 가족은 그날 같이 보냈다. 그리고 플러쉬가 그들 뒤에서 총총거릴 때 다시 한번 오래된 나팔소리가 들렸고, 오래된 환희가 되살아났다. 그것은 산토끼였던가, 여우였던가? 그 옛날 쓰리마일 크로스 이래 달리지 않았던 플러쉬는 서리의 황야를 부리나케 달려갔다. 금적색의 꿩이 용솟음치며 일직선으로 날아올랐다. 하나의 목소리가 울려 퍼졌을 때, 그는 이빨로 꽁지깃을 거의 다 앙다문 상태였다. 채찍이 휘둘러졌다. 바로 뒤에서 날카롭게 부른 것은 찰스 킹즐리 신부였던가? 어쨌든 그는 더 이상 달리지 않았다. 파넘의 숲은 엄밀히 보존되었다.

　며칠 후 웰벡가의 거실에 누워있을 때, 브라우닝 부인이 산책 갈 차림새를 하고는 낮은 찬장 밑에 있는 그를 불렀다. 그녀는 1846년 9월 이래 처음으로 목걸이에 목줄을 채웠고, 그들은 윔폴가로 함께 걸어갔다. 50번지 문 앞에 다가갔을 때, 그들은 옛날처럼 멈췄다. 꼭 옛날처럼 그들은 기다렸다. 집사는 꼭 옛날처럼 매우 느리게 나오고 있었다. 한참 있다가 문이 열렸다. 저기 깔개 위에 웅크린 채 누워있는 게 캐틸

라인일까? 그 늙은 이빨 빠진 개는 하품하면서 몸을 쭉 뻗고
는 아무런 관심도 주지 않았다. 예전에 최대한 소리 없이 내
려왔던 적이 있는 위층으로 그들은 은밀히 올라갔다. 그녀는
마치 거기에서 보게 될 것이 두렵기라도 한 듯 아주 조용히
문을 열었고, 브라우닝 부인은 이방 저방 돌아다녔다. 방을
바라보고 있을 때 그녀에게 침울함이 내려앉았다. "…… 그것
들은 더 작고 더 어두워 보였고, 가구들은 왠지 적합성과 편
의성을 바라는 것 같았어"라고 그녀는 [동생에게] 썼다. 담쟁
이는 여전히 뒤뜰 침실의 유리창을 두드리고 있었다. 채색된
블라인드는 여전히 집을 어둡게 했다. 변한 것은 아무것도 없
었다. 이 세월 동안 아무런 일도 일어나지 않았다. 그렇게 그
녀는 슬픈 기억을 안고 이방 저방을 두루 살폈다. 그러나 그녀
가 면밀한 점검을 마치기 훨씬 전부터 플러쉬는 극도의 불안
감에 사로잡혀 있었다. 바렛 씨가 들어와서 그들을 발견하면
어떡하지? 한 번 보고는 눈살을 찌푸리며 열쇠를 돌려 그들
을 영원히 뒤뜰 침실에 가둬버리면 어떡하지? 마침내 브라우
닝 부인은 문을 닫고 다시 아주 조용히 아래층으로 내려갔다.
그래, 이 집은 깨끗이 있기를 바라는 거 같아, 그녀가 말했다.

　　그 후, 플러쉬에게는 단 한 가지 소원만 남았다. 런던을

떠나, 잉글랜드를 영원히 떠나는 것이었다. 그는 프랑스 해협
으로 횡단하는 증기선 갑판 위에 있게 되어서야 비로소 행복
해졌다. 그것은 거친 항해였다. 횡단에는 여덟 시간이 걸렸다.
증기선이 이리저리 출렁이며 나아가자, 플러쉬는 여러 추억들
이 뒤섞이며 마음이 요동치기 시작했다. 보라색 플러시 천으
로 만든 옷을 입은 귀부인들, 포대자루를 든 채 누더기를 걸
친 남자들. 리젠트파크, 그리고 기마 호위병들과 함께 휙 지나
치는 빅토리아 여왕. 영국의 풀밭의 녹음과 고약한 냄새가 풍
기는 영국의 포장도로들. 이 모든 것들이 갑판 위에 누워있을
때 그의 마음을 헤집어놓았으며, 고개를 들자 난간에 기대고
있는 근엄한 모습의 키 큰 남자가 눈에 들어왔다.

　"칼라일 씨!" 그는 브라우닝 부인이 외치는 소리를 들
었다. 그때—횡단은 나쁜 것이 틀림없다는 것을 기억해야
한다—플러쉬는 몹시도 속이 메스꺼웠다. 선원들이 양동이
와 대걸레를 들고 달려왔다. "…… 그는 강제로 갑판에서 나
가라는 명령을 받았어, 가엾은 개"라고 브라우닝 부인은 [동
생에게] 썼다. 갑판은 여전히 영국인들의 것이었고, 개들은 갑
판에서 토하면 안 되기 때문이었다. 그는 고향 땅의 해안에
그렇게 마지막으로 경의를 표했다.

6부

결말

플러쉬는 이제 늙은 개가 되어가고 있었다. 잉글랜드로의 여행과 그것에서 되살아난 모든 추억은 확실히 그를 지치게 했다. 플로렌스의 그늘은 윔폴가의 뙤약볕보다 뜨거웠지만, 그가 돌아왔을 때 그는 태양보다 그늘을 찾았다는 것을 알았다. 조각상 밑에 몸을 쭉 뻗어, 이따금씩 뿜어져 나오는 몇 방울을 털 위로 맞으려고 샘 가장자리에 웅크린 채, 그는 몇 시간이고 졸곤 했다. 어린 개들이 그에게 모여들었다. 그들에게 그는 화이트채플과 윔폴가에 대한 이야기를 들려주었다. 그는 토끼풀의 냄새와 옥스퍼드가의 냄새를 묘사했고, 대공이 어떻게 왔고 또 대공이 어떻게 가버렸는지 등 이런저런 혁명에 대한 기억을 열거했다. 그러나 왼쪽에서 골목을 따라 내려갔던 점박이 스패니얼은 영원할 거라고, 그는 말했다. 그런 다음에는 난폭한 랜도 씨가 서둘러 와서 격분한 시늉을 내며 그를 향해 허둥지둥 주먹을 휘둘렀고, 친절한 이사 블라그덴 양은 멈춰서 손가방에서 단맛 나는 비스킷을 꺼내주곤 했다. 시장에서 농촌 아낙네들은 그에게 바구니의 그늘에 나뭇잎 침대를 만들어줬고 이따금씩 포도를 한 송이 던져줬다. 플로렌스의 모두가 그를 좋아했고, 그는 온화하고 소박하다고 개들과 사람들 사이에 알려졌다.

그러나 그는 이제 늙은 개가 되어가고 있었고, 분수대 아래서조차도 차츰 눕지 않으려고 했다. 자갈이 그의 노구에는 너무 딱딱했기 때문이었다. 그는 인조대리석 바닥에 부드러운 헝겊을 깔아놓은 기디 가문의 문장이 있는 브라우닝 부인의 침실이나 응접실 탁자의 그늘 아래서 잤다. 런던에서 돌아온 직후의 어느 날, 그는 거기서 몸을 늘어뜨린 채 곧바로 곯아떨어졌다. 노령의 그는 깊고 평안한 잠에 빠져들었다. 잘 때 어둠이 그의 주변에 짙게 깔린 것 같았기 때문에, 정말로 오늘 그의 잠은 평소보다 더 깊었다. 그가 꿈이란 것을 꾸었다면, 햇볕이 차단되고 인류의 목소리가 차단된 원시림 한가운데에서 자고 있는 꿈을 꾸었을 것이다. 비록 자면서 가끔씩 잠결에 새가 짹짹거리는 소리나 바람결에 나뭇가지가 흔들릴 때 사색에 잠긴 표정의 원숭이가 그윽한 눈빛으로 빙그레 웃는 소리가 들리는 꿈을 꾸긴 했지만.

그때 갑자기 나뭇가지가 갈라졌다. 빛이 여기, 저기, 눈부시게 들어왔다. 원숭이들이 요란하게 깩깩거렸다. 새들이 놀라서 울부짖으며 날아올랐다. 그는 완전히 깨어서 일어서려 했다. 믿기 힘든 놀라운 소동이 그를 온통 둘러싸고 있었다. 그는 보통 때와 다름없이 응접실 탁자 다리 사이에 잠들어 있었다. 이제 그는 부풀어 오른 치맛자락과 불룩한 바지에 둘러싸여 있었다. 게다가 탁자 자체가 좌우로 격렬하게 흔들리고 있었다. 그는 어느 길로 달려야 할지 알지 못했다. 도대체 무슨 일이 벌어지고 있는 거지? 도대체 응접실 탁자를 가지고 뭐하는 거냐 말이야? 그는 의문에 차서 길게 울부짖으며 목소리를 높였다.

플러쉬의 질문에 만족할 만한 대답은 여기서 주어질 수 없다. 가장 단도직입적인 몇 가지 사실만이 제공될 수 있는 전부다. 간단히 말해서, 당시, 19세기 초반에 블레싱턴 백작부인*이 한 마술사에게서 수정 구슬공을 구입한 것으로 보인다. 그 귀부인은 "그것의 용도를 전혀 이해할 수 없었다." 정말로 그녀는 구슬공 속에서 수정 말고는 아무것도 볼 수 없었다. 그러나 그녀가 죽은 후, 그녀의 유품들을 팔게 되었고, 그 구슬공은 "더 깊이 보거나, 더 순수한 눈으로 바라보던" 다른 이들의 소유가 되었으며, 그들은 구슬공에서 수정 이외에 다른 것들도 보았다. 스탠호프 경**이 구매자였는지,

---

*Marguerite Gardiner(1789~1849)를 말한다. 아일랜드의 소설가, 언론인.
**Lord Stanhope. 영국의 역사가이자 정치인인 필립 헨리 스탠호프(1805~1875)를 말한다.

"더 순수한 눈으로" 보던 이가 구매자였는지 여부는 밝혀지지 않았다. 그러나 확실한 것은 1852년까지 스탠호프 경이 수정 구슬공을 가지고 있었다는 것이며, 스탠호프 경은 다른 무엇보다도 오직 "태양의 영혼"을 보기 위해서 그것을 들여다보았다는 것이다. 분명히 이것은 정중하게 환대하는 귀족이 혼자만 간직할만한 모습은 아니었으며, 스탠호프 경은 오찬회에서 그 구슬공을 내보이거나 친구들을 초대해 그들 또한 태양의 영혼을 보도록 권유하는 습관이 있었다. 그 광경에는—정말로 촐리 씨*를 제외하고는—기묘하게 즐거운 것이 있었고, 구슬공은 대유행하게 되었다. 그리고 곧 운 좋게도 런던의 한 안경사가 이집트인이나 마술사가 되지 않고도 그것을 만들 수 있는 방법을 발견했다. 당연히 영국의 수정 가격이 높긴 했지만. 비록 "많은 사람들이 영혼에 대해 고백하는 도덕적 용기도 없이 구슬공을 사용한다"고 스탠호프 경은 말했으나, 그렇게 해서 50년대 초반 많은 사람들이 구슬공을 소유하게 되었다. 런던에서 영혼의 유행은 정말로 어떤 경고가 느껴지는 것을 표시하는 것이 되었고, 스탠리 경**은

---

*Henry Chorley(1808~1872). 문학, 예술 및 음악 평론가, 작가이자 편집인이었다. 소설과 연극, 시를 쓰기도 했다.

에드워드 리턴 경***에게 "내각이 가능한 빨리 진상을 파악
할 수 있도록 조사위원회를 임명해야 한다"고 제안했다. 내
각 위원회가 착수되고 있다는 소문이 영혼을 놀라게 했는지,
아니면 육체와 같이 영혼이 철저히 감금된 속에서 크게 증식
하는 경향이 있는지는 알 수 없으나, 영혼이 불안한 징조를
보이기 시작했다는 것은 의심할 여지가 없었고, 엄청난 수가
달아나면서 탁자 다리에 자리를 차지하게 되었다. 진의가 무
엇이었든 정책은 성공적이었다. 수정 구슬공은 비쌌지만, 거
의 모든 사람들이 탁자를 소유하고 있었다. 따라서 브라우닝
부인이 1852년 겨울에 이탈리아로 돌아왔을 때 그녀는 그 영
혼이 자신을 추월했다는 것을 알았다. 플로렌스의 탁자들이
거의 보편적으로 영향을 받았기 때문이었다. "공사관 직원들
에서부터 영국의 약제사들에 이르기까지 사람들은 모든 곳
에서 …… '접대를 일삼아요.'**** 사람들이 탁자에 둘러앉았
을 때 그것은 휘스트 게임[카드 게임의 일종]을 하려는 것이 아
니에요"라고 그녀는 썼다. 그랬다, 그것은 탁자 다리가 전달

**Lord Stanley(1826~1893). 에드워드 헨리 스탠리. 영국의 정치가.
***Edward Bulwar Lytton(1803~1873). 영국의 소설가이자 정치가. 『폼페이 최
후의 나날』의 저자다.
****사도행전 6:2에 나오는 말.

하는 메시지를 해독하기 위한 것이었다. 그리하여 한 아이의
나이를 묻는다면 탁자는 "다리를 두드림으로써 똑 부러지게
표현하며, 알파벳에 따라 응답한다." 그런데 만약 탁자가 당
신의 자녀가 네 살이라고 말할 수 있다면, 그 능력의 한계는
어디까지일까? 상점에서는 회전하는 탁자들이 광고되었다.
벽에는 "리보르노*에서 발견"한 경이로운 것들이 붙어 있었
다. 1854년까지 그러한 동향은 급속도로 퍼져나갔다. "아메
리카 대륙의 40만 가구는 그들의 이름을 발표했고…… 실제
로 영적 교류를 즐기며……", 잉글랜드에서는 에드워드 불워
리턴 경이—어린 아서 러셀**은 아침을 먹을 때 "허름한 가
운을 입은 이상한 모습의 노신사"가 그를 가만히 쳐다보고
있는 것을 보았다고 알려졌다—자신이 보이지 않는다고 믿
는[9] 행복한 결과와 더불어 넵워스***에 "미국의 여러 가지 강
신술降神術****"을 들여왔다는 소식이 들렸다.

　　브라우닝 부인이 오찬회에서 스탠호프 경의 수정 구슬

*Livorno. 이탈리아 토스카나 주에 있는 도시.
**Lord Arthur John Edward Russell(1825~1892). 영국 자유당 정치인.
***Knebworth. 리턴 경의 고향. 영국 잉글랜드의 하트퍼드셔 북쪽 마을로
지방 행정구이다.
****rapping spirits. 탁자나 칠판 등에 메시지를 두드려서 살아있는 사람들과
죽은 사람들의 영혼 사이에 의사소통을 하는 것.

공을 처음 들여다보았을 때, 그녀는 실제로 그것이 당대의
주목할 만한 징후라는 것 외에는 아무것도 보지 못했다. 태
양의 정령은 정말로 그녀에게 이제 막 로마에 가라고 말하고
있었지만, 그녀는 로마에 가려고 하지 않음으로써 태양의 영
혼을 부정했다. "하지만 저는 그 불가사의함이 좋아요"라고
그녀는 진심으로 덧붙였다. 그녀는 모험심이 대단했다. 그녀
는 생명의 위험을 무릅쓰고 매닝가로 갔었다. 그녀는 윔폴가
에서 마차로 30분도 안 걸리는 거리에서 전혀 꿈도 꿔 본 적
이 없는 세상을 발견했었다. 그렇다면 플로렌스에서도 겨우
30분 만의 여정으로 닿을 수 있는 또 다른 세상—더 나은
세상, 더 아름다운 세상, 죽은 자들이 살아있어서 우리에게
다가오려고 헛되이 애쓰는 세상—이 있으면 안 되는가. 어찌
됐든 그녀는 위험을 감수할 작정이었다. 그렇게 해서 그녀 역
시 탁자에 앉아있게 된 것이었다. 그리고 투명인간 아버지의
눈부신 자식인 리턴[에드워드 불워-리턴의 외아들] 씨가 왔고,
프레더릭 테니슨 씨와 파워즈 씨, 빌라리 의원님* 모두 탁자

*Frederick Tennyson(1807~1898)은 영국의 시인. Hiram Powers (1805~1873)
는 미국의 신고전주의 조각가. Pasquale Villari(1827~1917)는 이탈리아의 정
치인, 역사학자.

에 앉았으며, 탁자가 발로 차는 것을 끝내고 나면 그들은 앉아서 "플로렌스의 나지막한 산들이 보랏빛으로 물들여지고 별을 바라보면서" 차를 마시고 크림을 끼얹은 딸기를 먹으며 끊임없이 이야기를 이어갔다. "우리가 나눈 이야기들, 우리가 단언한 기적들! 오, 이사, 이곳에 모인 우리들은 영혼의 신봉자들이었어요. 로버트만 빼고는……." 그때 처량한 흰 턱수염을 단 귀먹은 커컵 씨*가 불쑥 끼어들었다. 그는 예고도 없이 방문하더니 단지 이렇게만 외쳤다. "영적 세계가 있다. 내세가 있다는 것을 나는 고백한다. 나는 드디어 확신하게 되었다." 신조가 항상 "무신론 바로 직전"이었던 커컵 씨는 개종했는데, 단지 그 이유가 귀가 먹었음에도 불구하고 "세 번 두드리는 소리가 너무 커서 그를 의자에서 뛰어오르게 만들었기" 때문이라고 했다. 하물며 어떻게 브라우닝 부인이 탁자에서 손을 뗄 수 있을까? "알다시피 저는 현재의 세계에서 나가려고 애쓰며 모든 문을 두드리는 어찌 보면 몽상가예요"라고 그녀는 썼다. 그래서 그녀는 신봉자들을 까사 기디에 불러 모았고, 거기에 그들은 앉아서 응접실 탁자 위에 손을 대고, 나가려고 애썼다.

*Seymour Stokes Kirkup(1788~1880). 영국의 화가, 조각가.

플러쉬는 몹시 현실적인 걱정이 들기 시작했다. 치맛자락들과 바지들이 그를 둘러싸고 부풀어 오르고 있었고, 탁자는 한 다리로 서 있었다. 그러나 그 신사 숙녀들이 탁자 주위에서 무엇을 보고 들을 수 있든 간에 플러쉬는 아무것도 보고 들을 수 없었다. 진짜로 그 탁자는 한 다리로 서 있었지만, 한쪽 면으로 세게 몸을 기대면 그렇게 설 수도 있는 것이다. 그는 탁자를 넘어뜨려서 무척 꾸지람을 들은 적이 있었다. 그러나 지금 거기에는 마치 바깥에서 경탄할 만한 무언가를 보듯 커다란 눈을 크게 뜨고 지켜보는 브라우닝 부인이 있었다. 플러쉬는 발코니로 돌진하여 살펴보았다. 깃발들과 횃불들과 더불어 말을 타고 가는 또 다른 대공이 있나? 플러쉬는 거리 모퉁이에서 멜론 바구니를 가진 거지 할멈이 웅크리고 있는 모습만 볼 수 있을 뿐이었다. 그렇지만 브라우닝 부인은 분명히 무언가를 보았다. 무척 경이로운 것을 본 게 틀림없었다. 옛날 윔폴가 시절에도 그는 그녀가 아무런 이유 없이 울다가, 그러다가 또다시 휘갈겨 쓴 것을 쥔 채 웃음을 터뜨리는 것을 보았더랬다. 그러나 이번은 달랐다. 지금 그녀의 모습에서는 그를 두렵게 만드는 무언가가 있었다. 방이나 탁자에, 혹은 페티코트와 바지에 그가 지독히도 싫어하는 무언가가 있었다.

몇 주가 지나면서, 브라우닝 부인의 보이지 않는 것에 대한 심취는 점점 더해갔다. 해가 쨍쨍한 좋은 날씨에도 그녀는 도마뱀이 바위에서 이리저리 미끄러져 가는 것을 지켜보는 대신 탁자에 앉아있었다. 별이 빛나는 어두운 밤에도 그녀는 책을 읽거나 손으로 종이를 넘기는 대신 브라우닝 씨가 외출하고 없으면 윌슨을 불렀고, 그러면 윌슨은 하품하면서 왔다. 그들은 그늘을 제공하는 게 주요 기능인 그 한 점의 가구가 바닥을 찰 때까지 함께 탁자에 앉았고, 그러면 브라우닝 부인은 윌슨에게 곧 그녀가 병이 든다는 것을 말하고 있다고 외쳤다. 윌슨은 단지 졸릴 뿐이라고 대답했다. 그러나 곧 완고하고 꼿꼿한 대영제국인인 윌슨은 비명을 지르며 혼수상태가 되었고, 브라우닝 부인은 "건강 식초"를 찾으려고 이리저리 뛰어다녔다. 조용한 저녁을 보내고 있는 플러쉬에게 그것은 대단히 불쾌한 방식이었다. 앉아서 누군가의 책을 읽는 것이 훨씬 더 좋았다.

의심할 여지 없이 그 긴장감, 실체는 없지만 불쾌한 악취, 발로 차는 것과 비명소리와 식초는 플러쉬의 신경을 거슬렀다. 아기인 페니니가 "플러쉬의 털을 자라게 해주세요"라고

기도하는 것은 무척 좋았다. 그것은 플러쉬도 이해할 수 있
는 염원이었기에. 그러나 지독한 악취와 지저분해 보이는 사
람들, 명백히 고형물인 마호가니 조각에 대고 하는 터무니없
는 짓을 필요로 하는 이런 형태의 기도는 강건하고 분별 있
고 근사한 차림새의 남자인 그의 주인을 화나게 만드는 만큼
이나 그를 화나게 했다. 그러나 플러쉬에게 어떤 냄새보다도
훨씬 더 나쁜 것은, 터무니없는 행위보다도 훨씬 더 나쁜 것은,
브라우닝 부인이 창밖을 응시하는 얼굴 모습에서 마치 아주
멋진 무언가가 있는 것처럼 보고 있는데 아무것도 없을 때였
다. 플러쉬는 그녀 앞에 섰다. 그녀는 마치 그가 거기에 없는
것처럼 그를 못 본 척했다. 그것은 그녀가 지금까지 그에게 던
진 가장 잔인한 모습이었다. 그것은 그가 브라우닝 씨의 다리
를 물었을 때 보여준 냉담한 분노보다도 더 나빴다. 리젠트파
크에서 그의 발이 문에 끼었을 때 터뜨렸던 냉소적인 웃음보
다도 더 나빴다. 윔폴가와 그곳의 탁자들에 대해 정말로 애석
하게 생각했던 순간이었다. 50번지에서 탁자들은 결코 한 다
리로 기울어진 적이 없었다. 둘레에 둥근 띠를 두른 작은 탁
자는 그녀의 소중한 장식품들을 지탱한 채 늘 완벽하게 서 있
었다. 먼 옛날에는 그가 소파 위로 뛰어오르기만 하면 바렛 아

가씨는 완전히 잠이 깨기 시작하면서 그를 바라보았었다. 이
제, 다시 한번, 그는 소파 위로 뛰어올랐다. 그러나 그녀는 그
를 알아차리지 못했다. 그녀는 글을 쓰고 있었다. 그녀는 그에
게 아무런 관심도 기울이지 않았다. 그녀는 글쓰기를 계속했
다. "또한 영매의 요청에 따라, 영적인 손이 탁자에 놓여있던
화환을 가져와서 내 머리 위에 올려놓았어요. 그 특별한 손
은 인간의 크기 중에서 가장 컸고, 눈처럼 희었으며, 무척이
나 아름다웠지요. 내가 쓰고 있는 이 손만큼이나 내게 가까
이 왔기 때문에 나는 그것을 또렷하게 볼 수 있었어요." 플러
쉬는 앞발로 그녀를 날카롭게 긁었다. 그녀는 마치 그가 보
이지 않는 것처럼 못 본 척했다. 그는 소파에서 뛰어내려 아
래층으로 가 거리로 달려갔다.

　　타는 듯한 뜨거운 오후였다. 모퉁이에 있는 거지 할멈은
멜론 위로 잠들어 있었다. 태양이 공중에서 윙윙거리는 것 같
았다. 그늘진 거리 쪽으로만 걸어가면서, 플러쉬는 시장으로
가는 잘 아는 길을 따라 걸었다. 광장 전체가 좌판과 차양과
선명한 파라솔들로 빛났다. 시장 아낙네들은 과일이 든 바구
니 옆에 앉아있었다. 비둘기들이 파닥거리고, 종소리들이 울
려 퍼지고, 채찍들이 소리를 냈다. 플로렌스의 다채로운 빛깔

의 잡종개들이 코를 킁킁거리고 발로 건드리며 들락날락 달리고 있었다. 모든 것이 벌집만큼 활기찼고 화덕만큼 뜨거웠다. 플러쉬는 그늘을 찾았다. 그는 친구인 까뜨리나 옆, 그녀의 커다란 바구니 그늘 아래 푹석 주저앉았다. 빨간색과 노란색 꽃이 담긴 갈색 단지가 옆에 그림자를 드리웠다. 그들 위로 오른팔을 쭉 내밀고 있는 조각상이 그늘을 보랏빛으로 더 짙어지게 했다. 플러쉬는 서늘한 그곳에 누워서 어린 개들이 각자의 일로 바쁜 것을 지켜보고 있었다. 그들은 온갖 젊음 특유의 즐거움을 되는 대로 아무렇게나 즐기며 으르렁거리고 물어뜯으며 기지개를 켜면서 뒹굴고 있었다. 그가 뒷골목에서 점박이 스패니얼을 쫓아다녔듯이 그들은 들락날락거리고 빙글빙글 돌면서 서로 쫓아다니고 있었다. 그의 생각이 잠시 레딩으로 향했다―청춘의 순수함과 환희로 가득 찼던, 그의 첫사랑, 패트리지 씨의 스패니얼에게로. 아, 그는 이제 한물갔다. 그는 그들의 젊음을 시샘하지 않았다. 그는 세상이 살기 좋은 곳이라는 것을 이미 깨달았다. 그는 이제 세상과 싸우지 않았다. 시장 아낙이 귀 뒤를 긁어줬다. 그녀는 그가 종종 포도를 훔치거나 혹은 다른 가벼운 비행을 저질렀을 때 손바닥으로 찰싹 때렸었다. 하지만 이제 그는 늙

었고, 그녀도 늙었다. 그는 그녀의 멜론을 지켰고 그녀는 그
의 귀를 긁어줬다. 그래서 그녀는 뜨개질을 했고 그는 좋았
다. 속살을 보여주려고 잘라놓은 커다란 분홍색 멜론 위에
서 파리들이 윙윙거렸다.

　　백합 이파리들 사이로, 녹색과 흰색의 파라솔 사이로 태
양이 기분 좋게 타고 있었다. 대리석으로 만든 동상이 햇빛
을 받아 샴페인 빛깔로 청량했다. 플러쉬는 누워서 털 사이
로 살갗이 타도록 내버려 두었다. 그리고 한 쪽이 데워지면
뒤집어서 태양이 다른 쪽을 데이도록 했다. 시장 사람들은
내내 수다를 떨고 흥정을 했다. 시장 아낙네들이 지나가고
있었다. 그들은 멈춰서 야채와 과일들을 손으로 만졌다. 플러
쉬가 무척이나 듣기 좋아하는 것과 같은 웅웅거리고 윙윙거
리는 인간들의 목소리가 끊임없이 이어졌다. 잠시 후, 그는 백
합 그늘 아래에서 깜빡 잠이 들었다. 그는 꿈을 꾸면서 자는
개들처럼 잠이 들었다. 다리에 경련이 일어왔다. 스페인에서
토끼를 사냥하는 꿈을 꾸고 있었던가? 토끼들이 덤불숲에서
쏜살같이 튀자, 까무잡잡한 남자들이 "스팬! 스팬!"이라고 외
치는 소리와 함께 뜨거운 산비탈에서 사냥하고 있었던가? 그
러고 나서도 그는 다시 가만히 누워있었다. 그리고 이제 그는

재빨리, 부드럽게, 여러 번 계속하여 컹컹 짖었다. 어쩌면 레딩에서 미트포드 의사 선생님이 그의 그레이하운드에게 사냥하라고 부추기는 소리를 들었을지도 모른다. 그러자 그의 꼬리가 양처럼 순하게 흔들렸다. 미트포드 아가씨가 우산을 흔들며 서 있는 순무밭 사이로 그가 슬금슬금 되돌아갈 때 "안 돼! 그러면 안 돼!"라고 외치는 소리를 들었던가? 그런 뒤 그는 행복한 노령의 단잠에 빠져 잠시 코를 골며 누워있었다. 별안간 몸의 모든 근육이 경련을 일으켰다. 그는 퍼뜩 놀라 깨어났다. 그는 어디에 있다고 생각했을까? 악당들로 둘러싸인 화이트채플? 칼이 다시 그의 목을 위협하고 있었던가?

그것이 무엇이었든, 그는 공포의 상태에서 꿈에서 깼다. 그는 마치 피난처를 찾고 있는 것처럼, 마치 안전한 곳으로 달려가고 있는 것처럼 급히 떠났다. 시장 아낙네들은 그에게 웃으며 시든 포도를 던지며 돌아오라고 외쳤다. 그는 전혀 개의치 않았다. 거리를 쏜살같이 달려가다가 그는 자칫 수레바퀴들과 부딪힐 뻔했다. 서서 마차를 모는 남자들이 그에게 욕을 퍼부으며 들고 있는 채찍으로 그를 가볍게 쳤다. 반쯤 벗은 아이들이 그에게 자갈을 던졌고 그가 잽싸게 도망치자 "마따! 마따![미친 개]"라고 외쳤다. 아이들의 엄마들이 놀라서 문으로

달려와 그들의 등덜미를 잡았다. 그때 그가 미쳤었을까? 태양
이 그의 머리를 돌게 했을까? 아니면 다시 한번 비너스의 사
냥 나팔소리를 들었을까? 아니면 미국인들의 강신술 영혼 중
하나, 탁자 다리에 사는 영혼 중 하나가 마침내 그를 손아귀
에 넣은 것이었을까? 그게 무엇이었든, 그는 까사 기디의 문
에 이를 때까지 길을 오르내리면서 일직선으로 갔다. 그는 곧
장 위층으로 가서 곧장 응접실로 들어갔다.

　　브라우닝 부인은 소파에 누워서 읽고 있었다. 그녀는 그
가 들어 왔을 때 깜짝 놀라 쳐다보았다. 그것은 영혼이 아니
었다. 오직 플러쉬일 뿐이었다. 그녀는 웃었다. 그러고 나서
그가 소파에 뛰어올라 그의 얼굴을 그녀의 얼굴 속으로 파
묻었을 때, 그녀는 자신이 쓴 시 구절이 떠올랐다.

　이 개를 좀 보아요. 겨우 어제만 해도
　나는 여기 있는 그의 존재를 망각했지요
　생각에 생각이 겹쳐 눈물로 흘러내릴 때까지,
　젖은 뺨으로 베개에 누우면
　파우누스*처럼 털로 가득한 머리, 밀치고 와서는
　돌연 내 얼굴에 곧장 비벼대네요, 빛나는 황금빛

커다란 두 눈이 나의 눈을 깜짝 놀라게 하네요, 늘어진 귀는
내 양쪽 뺨의 눈물을 말리려 펄럭거려요!
처음엔 놀랐어요, 어떤 아르카디아 사람들처럼,
황혼의 숲속에서 염소를 닮은 신을 보고.
그러나, 더 가까이에서 본 수염에서
그게 플러쉬라는 것에, 눈물은 사라지고, 딛고 일어났어요
놀람과 슬픔을,―진실한 판에게 감사드려요,
미천한 피조물을 지고의 사랑으로 인도하신.

　　몇 년 전 어느 날 윔폴가에서 그녀가 매우 불행했을 때
썼던 시였다. 세월이 흘렀고, 이제 그녀는 행복했다. 그녀는
이제 늙어가고 있었고 플러쉬도 그랬다. 그녀는 잠시 그에게
몸을 굽혔다. 크게 벌어진 입과 커다란 눈과 구불거리는 곱
슬머리를 가진 그녀의 얼굴이 기묘하게도 그의 것과 닮아 있
었다. 두 동강났지만 한 틀에서 만들어진 그들은 아마 각자
에게서 휴면상태인 것으로 서로를 완성시켜 주었을 게다. 그
러나 그녀는 여자였고, 그는 개였다. 브라우닝 부인은 계속
해서 읽었다. 그런 다음 그녀는 다시 플러쉬를 바라보았다.

*Faunus. 동물 · 농경을 수호하는 숲의 신으로, 그리스신화의 판Pan에 해당한다.

그러나 그는 그녀를 바라보지 않았다. 예사롭지 않은 변화가
그에게 닥쳐왔다. "플러쉬!" 그녀가 울부짖었다. 그러나 그는
침묵했다. 그는 살아 있었고, 이제 그는 죽었다.[10] 그게 다였
다. 응접실의 탁자는, 이상하게도, 지극히 가만히 서 있었다.

출 처

앞서 쓴 전기는 출처가 거의 없다는 것을 인정할 수밖에 없다. 그러나 사실을 확인하거나 주제를 더 밀고 나가고자 하는 독자는 다음을 참조하라.

『플러쉬, 나의 개에게』 ⎫ 엘리자베스 바렛 브라우닝
『플러쉬, 혹은 파우누스』 ⎭ 시집

『로버트 브라우닝과 엘리자베스 바렛 브라우닝의 편지』, 전 2권.

『엘리자베스 바렛 브라우닝의 편지』, 프레더릭 케넌 편집, 전 2권.

『엘리자베스 바렛 브라우닝이 리차드 헹기스트 혼에게 보낸 편지』, S. R. 타운센드 메이어 편집, 전 2권.

『엘리자베스 바렛 브라우닝: 자매들에게 보낸 편지 1846~1859』, 레너드 헉슬리 편집, LL.D.

『엘리자베스 바렛 브라우닝의 편지』, 퍼시 러복.

『메리 러셀 미트포드의 편지에 나타난 플러쉬에 대한 언급들』, H. 촐리 편집, 전 2권.

『런던의 루커리: 과거와 현재 그리고 미래』, 토머스 빔즈, 1850, 참조.

원주

1. "채색된 직물." 바렛 양은 "나는 열린 창문에 투명한 블라인드를 달아놓았었다"고 말한다. 이어서 그녀는 "아빠는 제과점의 뒷문에 비유하며 나를 모욕하지만, 그럼에도 불구하고, 햇빛이 성을 밝게 비출 때면 명백히 움직인다." 어떤 이들은 성 등등이 맑은 금속 물질로 칠해졌다고 주장하는 반면, 다른 이들은 화려한 수가 놓인 모슬린 블라인드였다고 주장한다. 이 문제를 해결하는 확실한 방법은 없어 보인다.

2. "케넌 씨는 점잖고 교양 있지만 앞니가 두 개 빠졌기 때문에 약간 웅얼거리듯 말했다." 여기에는 과장과 추측의 요소가 있다. 미트포드 양이 권위자다. 그녀는 혼 씨와의 대화를 다음과 같이 전했다. "우리의 사랑하는 친구는, 당신도 알다시피, 자신의 가족 구성원들과 한두 명의 다른 사람 말고는 절대 아무도 만나지 않아요. 그녀는 **독서**의 기술에 대한 고상한 취향뿐 아니라 고견도 가지고 있지요. 그녀는 ---씨에게 자신의 새로운 시를 소리 내어 읽어 달라 했어요. …… 그

래서 ---씨가 난로 앞에 깔린 양탄자 위에 서서 **원고**를 들어 올리면, 우리의 사랑하는 친구는 소파에서 인도산 숄을 두르고 누운 채 치렁치렁한 검고 긴 머리를 숙여 그의 목소리에 귀 기울이죠. 이제, 친애하는 ---씨는 앞니를 잃었습니다. 완전히 앞쪽이 아니라 옆쪽이에요. 그리고 이것이, 알다시피, 불완전한 발음의 원인입니다. …… 음절이 서로 정감 있지만 또렷하지 않고, 모호하지만 부드러워서 침묵silence과 치묵ilence이 서로 정말로 매우 비슷하게 들리죠……" ---씨가 케넌 씨라는 데는 의심의 여지가 거의 없다. 공란은 치아와 관련하여 빅토리아 시대 사람들 특유의 미묘함이 불가피했기 때문으로 보인다. 그러나 영국 문학에 영향을 미치는 보다 중요한 질문들이 수반되어 있다. 바렛 양은 오랫동안 청각에 결함이 있다는 혐의를 받았다. 미트포드 양은 그보다는 오히려 케넌 씨의 치아의 결함에 문제가 있다고 주장한다. 다른 한편, 바렛 양은 자신의 운율이 케넌 씨의 치아의 결함이나 자신의 청각의 결함과 아무런 관련이 없다고 주장했다. 그녀는 "나는 완벽한 정확성으로 운율을 정하는 것보다 운율에 주제를 부여하고 약간 위험 요소가 있는 실험을 냉정하게 결정하는 데 훨씬 더 주의를 기울였다"고 썼다. 이런 이유로 그녀는 "천사들angels"과 "양초들candles", "천국heaven"
과 "믿지 않는unbelieving", 그리고 "섬islands"과 "침묵silence"처
럼 냉정하게 운율을 맞췄다. 그것을 결정하는 것은 물론 학
자들이지만, 브라우닝 부인의 성격과 행동을 연구해온 사람
이라면 누구라도 그녀가 예술이든 사랑이든 상관없이 의도
적인 규칙 위반자였다는 견해를 가지게 되기 때문에 근대시
의 발전에 있어서 그녀의 공모에 대해 유죄를 선고할 것이다.

3. "노란 장갑." 오르 씨*의 『로버트 브라우닝의 삶과 편지』에
서 그는 레몬색상의 장갑을 꼈다고 기록되어 있다. 1835~1836
년에 그를 만난 브리델 폭스 부인**은 이렇게 말했다. "그는
그때 호리호리하고 거무스름하고 무척 잘 생겼었어요. 그리
고 레몬색상의 아이들 장갑과 같은 것들에 집착하는, 이를
테면 약간 멋쟁이였다고나 할까요."

4. "그는 도둑맞았다." 사실 플러쉬는 세 번 도둑맞았다. 그러
나 이야기의 통일성을 꾀하기 위해 세 번의 절도를 한 번으

*Sutherland Orr(1828~1903). 로버트 브라우닝의 전기작가.
**Eliza Bridell Fox(1824~1903). 영국의 화가.

로 압축할 필요성이 있어 보였다. 바렛 양이 개도둑들에게 지불한 총액은 20파운드였다.

5. "그들은 몇 년 뒤 그녀가 이탈리아의 볕 좋은 발코니에 앉아 있을 때 다시 그녀 앞에 올 것이었다."『오로라 리』의 독자들에게는 그런 사람들은 존재하지 않기 때문에 브라우닝 부인은 이 이름에 대한 시를 쓴 것에 대하여 해명해야 했다. 그중 가장 생생한 구절 중 하나는 (사륜마차에서 단 한 번만 대상을 본—그것도 윌슨이 그녀의 치마를 잡아당기는 상황에서—작가는 당연히 왜곡으로 인해 괴로울 수밖에 없을지라도) 런던의 한 빈민가에 대한 묘사다. 명백하게 브라우닝 부인은 인간의 삶에 관해 호기심을 가졌었는데, 그것은 결코 침실의 세면대 위에 있는 호머와 초서의 흉상으로는 만족되지 않는 것이었다.

6. "릴리 윌슨은 호위병인 리기 씨와 열렬하게 사랑에 빠졌다." 릴리 윌슨의 삶은 극도로 잘 알려져 있지 않아 전기작가의 도움이 크게 요구된다. 브라우닝의 편지에서 본인들을 제외하고는 우리의 호기심을 더 자극하거나 당황하게 만드는

인물들은 아무도 없다. 그녀의 세례명은 릴리Lily였고, 성은
윌슨Wilson이었다. 그것이 우리가 그녀의 출생과 양육에 대
해 알고 있는 전부다. 그녀가 호프엔드* 인근에 사는 농부의
딸이었는지, 그리고 예절 바른 행실과 청결한 앞치마로 인해
바렛 가족의 요리사에게 호감을 주게 되었는지, 그래서 그녀
가 저택에 심부름 왔을 때 바렛 부인이 바로 그때 방으로 들
어오라는 구실을 대서 엘리자베스 양의 하녀로 임명하면 딱
좋겠다는 생각을 했는지도 모른다. 아니면 그녀는 런던내기
일 수도 있고 스코틀랜드 출신일 수도 있어서 딱히 어느 것
이라고 말하기는 불가능하다. 어쨌든 그녀는 1846년에 바렛
양과 함께 일했다. 그녀는 "고가의 종"이었다. 그녀의 임금은
1년에 16파운드였다. 그녀는 거의 플러쉬만큼 말을 하지 않
았으므로, 그녀의 성격에 대한 개요는 거의 알려진 것이 없
다. 그리고 바렛 양은 그녀에 대한 시를 전혀 쓰지 않았기 때
문에, 그녀의 외모는 플러쉬의 것보다도 훨씬 덜 친숙하다. 그

*Hope End. 엘리자베스 바렛의 아버지 에드워드 몰턴-바렛은 자메이카의 설
탕 재배지에서 상당한 돈을 벌었으며, 그 돈으로 1809년 몰번 힐즈Malvern Hills
근처의 500에이커에 이르는 호프엔드를 샀다. 이곳에서 엘리자베스 바렛은 열
한 명의 형제자매와 함께 유복한 어린 시절을 보냈으나, 1821년부터 건강이 악
화되고, 어머니의 죽음과 연이은 아버지의 경제적 문제 때문에 30년대 초반 이
곳을 떠난 뒤, 몇 곳을 전전하다 윔폴가 50번지에 정착했다.

러나 편지에서 보면, 그녀는 원래부터 차분하고 거의 인간미가 없을 정도로 정확하며, 당시 대영제국 하층민의 영광이었던 대영제국 하녀들 중 한 명이라는 것이 명백하게 암시된다. 윌슨이 권리와 격식에 엄격한 사람이라는 것은 분명하다. 윌슨은 의심의 여지 없이 "그 방"을 숭배했고, 서열이 높은 하인과 낮은 하인이 다른 곳에서 푸딩을 먹어야 한다고 주장한 최초의 사람이었을 것이다. 이 모든 것은 그녀가 손으로 플러쉬를 때렸을 때 "그게 옳았기 때문"이라고 한 언급 속에 내포되어 있다. 관습에 대한 이러한 존중은, 어떤 것이든 그것을 위반하는 경우 극심한 공포를 낳는다는 것은 말할 필요도 없다. 그래서 윌슨은 매닝가에서 하층민들과 직면했을 때 바렛 양보다 훨씬 더 놀라움을 금치 못했고, 개도둑들이 살인자들이라고 바렛 양보다 더욱더 확신했을 것이다. 동시에 그녀가 두려움을 극복하고 바렛 양과 함께 승객용 마차를 타고 가는 영웅적인 방식은 그녀에게 여주인에 대한 또 다른 충성의 관습이 얼마나 깊이 뿌리박혀 있는지를 보여준다. 바렛 양이 가는 곳이면 윌슨 역시 가야만 한다. 이 원칙은 바렛 양이 사랑의 도피행각을 벌이던 당시 그녀의 행동으로 당당하게 입증되었다. 바렛 양은 윌슨의 용기에 대해 의심을 품고 있었다. 그러

나 그녀의 의심은 근거가 없었다. "윌슨은"—이것은 바렛이
아가씨 시절 브라우닝 씨에게 쓴 마지막 말이었다—"늘 저
에게 완벽했어요. 그리고 **저는** …… 그녀의 소심한 성격이 걱
정되어 그녀를 '소심이'라 부르지요! 하지만 정말로 격분했을
때, 저는 소심한 사람만큼 대담한 사람은 아무도 없다는 생
각이 들기 시작했어요." 그것은, 첨언하자면, 극도로 불안정
한 하인의 삶에 대해 잠시 곱씹어볼 만한 가치가 있는 말이
다. 만약 윌슨이 바렛 양과 같이 가지 않았더라면, 바렛 양
도 알고 있듯이, 아마도 1년에 그녀가 받는 봉급인 16파운
드 중에서 저축해 둔 단 몇 실링만 가지고 "해가 지기 전에
거리로 향했을 것"이다. 그랬다면 그녀의 운명은 어떻게 되
었을까? 영국 소설은 40년대 귀부인들의 하녀들의 삶을 거
의 다루지 않았으며, 전기는 그렇게 신분이 미천한 사람들
을 조명하지 않았으므로 이 질문은 여전히 질문으로 남아
있다. 그러나 윌슨은 오랜 궁리 끝에 단행하기로 했다. 그녀
는 "나와 함께 세계 어느 곳에나 갈 것"이라고 선언했다. 그
녀는 지하층, 방, 윔폴가의 온 세계를 떠났다. 윌슨에게 모든
문명, 모든 올바른 사고, 안정되고 품위 있는 생활을 의미하
는 윔폴가를 떠나는 것은 이국 땅의 반反종교적이고 방탕한

생활을 의미하는 것이었다. 이탈리아에서 윌슨이 가진 영국
인의 품위와 자연적인 열정 사이에서 발생하는 갈등을 관찰
하는 것보다 더 흥미로운 것은 없다. 그녀는 이탈리아의 궁
전을 조롱했고, 이탈리아인들의 그림에 충격을 받았다. 그러
나 비록 "비너스의 외설에 대해 반격했지만", 윌슨은 칭찬할
만하게도, 여자들이 옷을 벗어버리면 벌거숭이라는 사실을
숙고한 것으로 보인다. 나 자신조차도, 그녀가 생각했을지도
모르는 것처럼, 매일 2~3초 동안 벌거벗는다. 그래서 "그녀
는 다시금 애써본다면, 어쩌면 그 고질적인 정숙함이 진정될
거라고 생각한다." 그것이 급속도로 진정되었다는 것은 명백
하다. 곧바로 그녀는 이탈리아를 인정했을 뿐 아니라, 대공
의 호위병인 리기 씨와 사랑에 빠졌다. "매우 존경받는 도덕
적인 남자들, 그리고 키가 약 6피트인 모든 남자들은" 약혼
반지를 끼고 있었다. 런던의 구혼자는 묵살했고, 그녀는 이
탈리아어를 배우고 있었다. 그런 다음 다시 먹구름이 내려앉
았고, 먹구름이 걷혔을 때 그들은 윌슨이 버림받았다는 것
을 보여준다. "충실하지 못한 리기가 윌슨에게 약혼 약속을
저버렸다." 혐의는 프라토*에 있는 그의 형제인 바느질 도구
도매상에게 있다. 리기가 대공의 호위병을 그만두었을 때 그

는 형제의 조언에 따라 프라토에서 바느질 도구 소매상이 되었다. 그의 지위가 아내에게 바느질 도구에 대한 지식을 요구해야 하는지, 프라토에 있는 여자 중 한 명이 그것을 제공할 수 있는지 여부와 상관없이 가능한 한 자주 윌슨에게 편지를 써야 했음에도 그러지 않았다는 것은 확실하다. 그러나 그것은 1850년에 브라우닝 부인으로 하여금 소리 높이 외치게 만들었듯, 매우 존경받는 도덕적인 남자가 하는 행동이었다. "(윌슨은) 완전히 **끝났는데**, 그것은 그녀의 곧은 성품과 양식에 가장 큰 기여를 했어요. 어떻게 그런 남자를 계속 사랑할 수 있겠어요?" 리기가 왜 그토록 짧은 시간 안에 "그런 남자"로 축소되었는지를 말하는 것은 불가능하다. 리기에게 버림받은 윌슨은 더욱더 브라우닝 가족에게 애착을 가졌다. 그녀는 귀부인의 하녀로서의 의무뿐만 아니라 반죽을 치대 케이크를 만들고, 옷을 만드는 일도 수행했으며, 아기인 페니니에게는 헌신적인 보모가 되었다. 그렇게 시간이 지나면서 아기 스스로가 그녀를—그녀가 당연히 속해 마땅한—가족의 지위로 격상시켰으며 그녀를 릴리 외에 다른 무엇이라고 부르는 것을 한사코 거부했다. 1855년 윌슨은 브라우닝

*Prato. 이탈리아 중부, 플로렌스 부근의 도시.

가족의 남자 하인인 "따뜻한 마음씨를 가진 착한 남자"로 마놀리와 결혼했다. 그리고 얼마간 그 둘은 브라우닝 가족의 집안일을 했다. 그러나 1859년 로버트 브라우닝은 "랜도의 후견인 직을 받아들였다." 브라우닝 부인이 썼듯 "통 자제력이 없이 의심만 많은" 랜도의 습성은 다루기 어려운 것이라서, 그가 맡은 임무는 매우 신중하고도 막중한 책임감이 부여된 것이었다. 이러한 상황에서 윌슨은 "그의 할당량으로 남아있는 것 말고도" 1년에 22파운드의 봉급으로 "그의 시녀"로 임명되었다. 나중에 그녀의 임금은 "호랑이처럼 충동적인", "늙은 사자"의 시녀 역할로 인해 30파운드로 늘어났다. 그는 저녁 식사가 마음에 안 들면 창문 밖으로 접시를 집어던지거나 바닥에 내동댕이쳤으며, 하인들이 서랍을 열어본다고 의심했고, 브라우닝 부인이 본 바와 같이 "위험성이 있으며, 나 또한 마주치고 싶지 않은" 사람이었다. 그러나 바렛 씨와 같은 정신의 소유자를 알고 있었던 윌슨에게 접시들이 몇 개 창문 밖으로 날아가거나 바닥에 내동댕이쳐지는 것은 별로 중요한 문제가 아니었다. 그러한 위험은 아주 일상적인 것이었다.

아직도 우리에게 보이는 듯한 그날은, 확실히 이상한 날이었다. [이탈리아에 있는] 약간 떨어진 영국인 마을에서 시작되었든 그렇지 않았든, 그것은 베니스에 있는 레초니코 궁에서 끝났다. 거기서 그녀는 적어도 1897년까지 미망인으로 살고 있었으며 그 집에는 그녀가 보살피고 사랑했던 어린 소년—바렛 브라우닝이 있었다. 정말 이상한 하루였다고 그녀는 생각했을지도 모른다. 이제 늙은 그녀는 붉게 물드는 베네치아의 일몰 속에서 꿈꾸면서 앉아있었다. 농장의 머슴들과 결혼한 그녀의 친구들이 맥주를 한 파인트 가져오려고 잉글랜드의 좁은 길을 휘청거리며 올라가고 있었다. 그리고 그녀는 바렛 양과 이탈리아로 달아났다. 그녀는 온갖 종류의 기이한 것들을 보았다—혁명, 호위병, 영혼, 랜도 씨가 접시를 창문 밖으로 집어던지는 것. 그런 다음 브라우닝 부인이 죽었다. 저녁에 레초니코 궁의 창문에 앉아있으면 늙은 윌슨의 머릿속은 여러 생각으로 꽉 찼다. 그러나 그녀는 자신과 같은 유형의 커다란 집단의 전형이었기 때문에—거의 침묵하고 거의 보이지 않는 헤아리기 어려운 하인의 역사—그들이 어땠는지 짐작할 수 있는 척하는 것은 그야말로 헛된 일이다. "윌슨보다 더 정직하고 진실하며 애정 어린 마음을 가진 이는 찾을 수 없을 것이다." 여주인의 말은 그녀의 비문에 새길만하다.

7. "여름에 그는 벼룩 때문에 몹시 시달렸다." 이탈리아는 19세기 중반에 벼룩으로 유명했던 것으로 보인다. 실제로 그것들은 관습을 무너뜨리는 역할을 하기도 했지만, 그것 외에는 해결할 수 없는 난제였다. 예를 들어, 나다니엘 호손*이 1858년 로마에서 브레머 양**과 함께 차를 마시러 갔을 때, "우리는 벼룩에 대해 말했다. 로마에서는 해충이 모든 사람들의 사업과 가슴에 뼈저리게 와 닿을 정도로 보편적이고 피할 수 없는 것이어서 그들에게 가하는 고통에 대해서 조심스럽게 암시할 필요가 전혀 없을 정도다. 가여운 작은 브레머 양은 우리가 마시는 차에서 그것이 나와 극도로 곤혹스러워했다……."

8. "네로는 꼭대기층 창문에서 뛰어내렸다." 칼라일에 따르면 네로(약 1849~1860)는 "조그만 쿠바개처럼(몰티즈? 아니면 기타 잡종?) 털이 길고 엉클어졌으며, 대부분 하얀색인 아주 살갑고 활기찬 작은 개로, 작은 종의 장점을 가지고 있었으며 훈련이 거의 이루어지지 않았거나 전혀 이루어지지 않

---

*Nathaniel Hawthorne(1804~1864). 『주홍글씨』를 쓴 미국의 소설가.
**Fredrika Bremer(1801~1865). 스웨덴의 작가이자 페미니스트 개혁가. 그녀의 『일상생활 스케치』는 1840~1850년대에 영국과 미국에서 폭넓은 인기를 끌면서 스웨덴의 제인 오스틴이라 불렸다.

았다." 그의 삶에 대한 재료는 풍부하지만 여기서 그 이야기
를 다할 필요는 없을 것 같다. 그가 도둑맞았었다는 것, 칼
라일에게 말 한 필을 사라고 수표를 목에 묶어 가져왔었다
는 것*, "두세 번 나는 그를 (애버다우어**) 바다에 뛰어들게
했는데 그는 그것을 전혀 좋아하지 않았다"는 것, 1850년에
분명히 철책이 둘러진 지역이었는데 서재 창문에서 뛰어내
려 보도에 "철퍼덕" 떨어졌다는 것을 말하는 것만으로도 충
분하다. 칼라일 부인은 "아침 식사를 마친 뒤였고, 그는 열린
창문에서 새들을 지켜보며 서 있었어요. …… 침대에 누워있
는데 전나무로 만든 칸막이벽을 통해 엘리자베스가 비명을
지르는 것을 들었어요. 오, 하느님! 오, 네로! 그러고는 바람
처럼 아래층으로 달려가 정문으로 나가 …… 그런 다음 잠옷

*이 부분은 보충 설명이 필요할 것 같아 칼라일의 편지를 덧붙인다. "하루는,
아마 그[네로]가 이곳으로 온 지 3년쯤 되었을 때인데, 가벼운 발걸음으로 내
다락방으로 달려오더니 예상대로 문을 긁는 거예요. 그를 방으로 들어오게 했
는데, 그가 (내가 필요하다고 말해 왔던) 말 한 필을 (그야말로) 선물로 가져왔
던 것이죠! 가져왔다는 것을 더 정확히 말하자면, 그의 목에 편지 한 통이 걸려
있었는데, 그 봉투에는 말의 사진이 담긴 마구 제조인의 명함과 함께 그녀[제인
칼라일]의 50파운드짜리 수표가 동봉되었다는 말이에요. 그녀에게 남겨진 변변
찮은 유산의 반이나 되는 것을요. 그 일을 제가 어찌 잊을 수 있겠습니까? 나는
그 정도로 못난 사람은 아니라서 그 돈을 받지 않았어요. 그리고 다음 해에 말
한 필을 보통 가격으로 샀죠……." _Carlyle, 「Letters and memories」, vol 2, p.91.
**Aberdour. 스코틀랜드 파이프Fife 남쪽 해안에 있는 마을.

바람으로 엘리자베스를 만나려고 황급히 일어났어요. ……
칼라일 씨는 턱에 비누를 잔뜩 묻힌 채 침실에서 내려와 '네
로에게 무슨 일 있나?'라고 물었고, '아 네, 다리가 모두 부러
진 게 **틀림없어요. 당신** 창문에서 뛰어내렸어요', '저런!'이라고
그는 말하면서 면도를 마치려고 돌아갔죠." 그러나 뼈는 하
나도 부러지지 않았고, 그는 살아남아, 푸줏간 마차에 치여
1860년 2월 1일 그 사고의 영향으로 마침내 죽었다. 그는 체
인 로 정원 꼭대기의 작은 돌판 아래 묻혔다.

그가 자살을 원했는지, 아니면 칼라일 부인이 암시하듯 단지
새를 쫓아 뛰어내렸는지는 개 심리학에 관한 매우 흥미로운
논문 사례가 될지도 모르겠다. 어떤 이들은 바이런의 개가
바이런과 교감하면서 미쳐갔다고 주장한다. 또 어떤 이들은
칼라일과 결부시켜 그것이 네로를 극단적인 우울증으로 내
몰았다고 한다. 시대의 정신과 관련된 개들에 대한 모든 질
문은, 엘리자베스 1세 시대든, 아우구스투스 시대든, 빅토리
아 시대든, 그들의 주인들의 시와 철학에 미친 영향과 더불
어 여기서 주어질 수 있는 것보다 더 많은 논의가 되어야 마
땅하다. 현재로서는, 네로의 동기가 모호한 채로 남아있다.

9. "에드워드 불워 리턴 경은 자신이 보이지 않는다고 믿었다." 『빅토리아시대의 유년기』를 쓴 후스 잭슨 부인은 이렇게 말한다. "아서 러셀 경은 내게, 몇 년 뒤에, 그가 조그만 소년이었을 때 어머니가 넵워쓰로 데려갔다고 말했다. 다음 날 아침 그가 커다란 홀에서 아침을 먹고 있을 때 허름한 가운을 입은 이상한 모습의 노신사가 오더니 손님들을 한 명 한 명 차례로 쳐다보며 탁자 주위를 천천히 걸었다. 그는 어머니의 이웃이 그녀에게 속삭이는 소리를 들었다. '신경 쓰지 마세요. 저 이는 자기가 안 보인다고 생각해요.' 그것은 리턴 경바로 자신이었다."(pp. 17~18)

10. "그는 이제 죽었다." 플러쉬가 죽었다는 것은 확실하다. 그러나 그의 죽음에 관한 날짜와 방식은 알려져 있지 않다. 유일한 참고 문헌은 "플러쉬는 행복한 노년기를 살았고 까사 기디의 지하 납골당에 묻혔어요"라는 진술 속에 있다. 브라우닝 부인은 플로렌스의 영국인 묘지에, 로버트 브라우닝은 웨스트민스터 사원에 묻혔다. 플러쉬는, 그러므로, 그 옛날, 브라우닝 가족이 살았던 그 집 아래에 여전히 누워있다.

개를 좋아하는 사람이 쓴 게 아니라
개가 되고픈 사람이 쓴 책

플러쉬, 엘리자베스 바렛 브라우닝 그림, 1843.

플러쉬와 함께 산책하는 엘리자베스 바렛 브라우닝. 1933년 초판본에서 발췌.
바네사 벨의 일러스트레이션.

1931년 봄, 버지니아 울프는 지쳐있었다. 그녀는 이제 막 형식과 문체에서 가장 대담한 실험이라고 할 수 있는 『파도』를 완성했는데, 그 작품의 지속적인 강도는 정신적으로나 육체적으로나 그녀를 고갈시켰다. 그녀는 일기에서 "일주일 동안 소파에 누워있었다"고 썼다. 나중에 그녀는 "책을 쓰면서 그렇게 머리가 아픈 적이 없었다"고 덧붙이며 다음 프로젝트는 그렇게 까다롭게 쓰지 않을 거라 스스로에게 약속했다. 그녀는 "달아날 수 있는, 더 신속하고 약간 더 모험적인" 주제를 쓰고 싶었다.

그녀는 코커스패니얼에 관한 책을 쓰기로 마음먹었다.

『파도』가 가져온 스트레스와 고통에 시달리고 있는 동안, 엘리자베스 바렛 브라우닝의 시와 편지들을 읽으면서 울프는 그 시인이 반복적으로 언급하는 반려동물에 차츰 매료되고 있었다. 오툴린 모렐Ottoline Morrell 부인에게 보내는 편지에서 그녀는 다음과 같이 썼다. "저는 『파도』를 쓴 후 너무 지쳐서 정원에 누워 브라우닝의 연애편지를 읽고 있었는데, 그 개의 모습이 너무 웃겨서 그에 대한 삶을 쓰지 않을 수 없었어요."

플러쉬는 자신의 강아지인 핑커와 같은 혈통의 코커스패니얼이었다. 울프는 『올랜도』처럼 전기적인 형식을 취해 브라우닝의 개에 대한 "전기"를 쓰는 것을 상상했다. 가볍고, 재치 있고, 발랄한 책. 그것은 그녀를 구원하고 해방시킬 것이었다.

버지니아 울프는 평생 글을 쓰는 동안 사람들의 인생사를 쓰는 데 관심이 있었다. 초반기 작품들에서 그녀는 유명한 문화계 인사들을 선보였는데, 그중 일부는 집을 방문하는 사람들이었다. 중반기에는 『올랜도』를 만들어냈으며, 마지막 작품 중 하나는 블룸즈버리 그룹의 일원이었던 영국의 화가 『로저 프라이』였다. 빅토리아 시대의 사람들은 전기, 그중에서도 특히 왕과 여왕, 혹은 사회의 저명한 인사들의 이야기를 담은 웅장한 형식의 전기를 좋아했다. 『플러쉬』는 저명한 빅토리아 시대 사람들의 전기를 패러디한 패러디라고도 볼 수 있겠는데, 실제로 개의 전기이기 때문이다. 그러나 『플러쉬』는 19세기 전기에 대한 마술적 패러디라고 할 수 있는 『올랜도』와는 좀 다르다. 『올랜도』에서 울프는 성gender, 공간, 시간을 다루지만, 『플러쉬』에서는 종을 다룬다. "『플러쉬』는 다른 말로 하면, 개의 옷을 입은 울프"라고 작가 겸 비평가인 앨리슨 라이트Alison Light는 말한다. 개 애호가가 전기를 썼다는 것은 애초부터 분명히 드러난다. 독자들은 심지어 이 책을 개가 썼나 싶을 정도로 개의 관점에서 전개되는 이야기에 놀라움을 금치 못할 것이다. 개의 행동은 철저히 소리와 냄새, 날쌔게 움직이는 행위를 중심으로 돌아간다. 그러나 말할 필요도 없이,『플러쉬』는 개가 쓴 것이 아니라 개를 끔찍이도 좋아했던 버지니아 울프가 쓴 것이다. 조카인 퀸틴 벨Quentin Bell이 쓴 울프 전기에서 그는 이렇게 이야기한다. "『플러쉬』는 개를 좋아하는 사람이 썼다기보다는 개가 되고픈 사람이 쓴 책이다."

　　버지니아 울프는 종종 스스로를 동물로 언급했다. 그녀는 형제자매들과 주고받은 편지에서 자신을 "염소" 혹은 "개코원숭이"라고 불렀으며『플러쉬』에 대해 호의적인 논평을 쓴 평론가들에게 "당신의 애정 어린, 오래된 잉글리쉬 스프링어스패니얼, 버지니아로부터"라고 감사의 인사를 전하기도 했다. 어려서부터 다람쥐, 마모셋, 자코비Jacobi라고 부르는 쥐 등의 야생동물들을 키우며 자란 그녀가 개의 전기를 쓰기로 결심한 것은 그리 놀랄 만한 일은 아니다. 또한 이 책의 주인공인 바렛은 개 애호가임을 자인하는 '나의 개, 플러쉬에게'라는 감상적인 시에서 플러쉬를 칭송하였으며, 스패니얼이 놀라운 지능을 소유하고 있고 심지어 글을 읽고 쓸 줄 아는 능력까지 갖추고 있다고 말한다. 플러쉬는 A와 B라는 글자를 인식할 수 있으며, 나머지 알파벳을 정복하는 것은 다만 인내심의 문제일 뿐이라고도 하였다. 버지니아 울프와 엘리자베스 바렛 브라우닝은 동시대 인물이 아니었고 근본적으로 서로 성격이 다름에도 불구하고, 몹시도 짧은 삶을 살다 간 어머니의 존재라는 비슷한 삶의 경험을 공유했다. 이러한 기억은 결국 두 여성 모두에게 심한 우울증과 불안을 야기했다. 그런 이유로 그들은 애완견의 무조건적인 사랑과 그들이 제공하는 안정감에 의지하면서, 그 헌신적인 존재에게서 큰 위로와 영감을 얻었을지도 모른다.

그러나 『플러쉬』를 쓰고, 한 권의 책으로 탄생하기까지는 그렇게 간단하지 않았다. 그녀는 친한 친구이자 라이벌인 자일스 스트레이치Giles Lytton Strachey의 작품들처럼 『플러쉬』가 장난스러운 농담이 되기를 바랐다. 자일스 스트레이치는 나이팅게일과 고든 장군 등의 평전인 『빅토리아 왕조의 명사들Eminent Victorians』(1918)을 발표하여 문학적 명성을 얻었으며, 『빅토리아 여왕Queen Victoria』(1921)과 『엘리자베스와 에섹스Elizabeth and Essex』(1928) 등을 통해 그 당시 대중들이 좋아했던 인습적인 전기에 반기를 들며 전기문학에 새로운 바람을 일으키고 있었다. 그리고 울프에게 이것은 또한 또 다

른 유명한 전기작가에 대한 일종의 존중심의 표현이기도 했
다. 바로 그녀의 아버지 레슬리 스티븐Leslie Stephen이었다. 비
평가이자 철학자이기도 했던 아버지는 평생 그녀에게 심대
한 지적 그림자를 드리웠는데, 그가 죽은 지 몇 년 후에 울프
는 이렇게 회고했다. "아버지의 삶은 나의 삶을 완전히 끝장
냈다. 무엇을 할 수 있었겠는가. 글을 쓸 수도, 책을 읽을 수
도 없었다. 무언가를 하는 것을 상상도 할 수 없었다." 레슬
리 스티븐은 버지니아가 스물두 살 되었을 때 위암으로 사
망했고, 그녀가 『플러쉬』 작업을 시작하자마자 자일스 스트
레이치 역시 갑작스럽게 같은 질병으로 사망했다. 농담처럼
쓰고 싶다는 『플러쉬』에 대한 꿈은 깨졌다.

　그녀는 자기 자신과 그 프로젝트에 대해 의구심을 가졌
다. 1932년 12월, 지금까지 쓴 글을 읽으면서 그녀는 그것을
"쓰레기"처럼 "하찮은" 것이라고 선언했다. 그녀는 이제 그
책의 주제가 "너무 사소하고 너무 진지하다"고 판단했다. 그
리고 몇 달 후 그녀는 "그 바보 같은 책『플러쉬』는 시간 낭
비"라고 말했다.

　그 모든 역경에도 불구하고, 코커스패니얼의 시선으로
바라본 엘리자베스 바렛 브라우닝에 대한 기발한 전기는

1933년 언니인 바네사 벨Vanessa Bell의 그림 넉 점이 수록되어 출판되었다. 그녀의 친구이자 연인인 『올랜도』의 모델, 비타 색빌-웨스트가 1926년 울프에게 선물로 준 핑커는 표지 모델을 장식했다.

***

보들레르에 따르면, 열렬한 연인들과 근엄한 학자들은 특히 그들의 사랑이나 학문이 무르익으면 공통점을 하나 가진다고 한다. "한 장소에만 있고" "추위를 타는" 집고양이에 대한 사랑이 그것이다. 보들레르의 고양이 예찬은 널리 알려졌지만, 고양이가 현재의 반려동물로 인기를 얻기까지는 수백 년이라는 세월이 걸렸다. 그들은 언제나 추종자들을 거느리고 있었지만, 이단과 마법, 비기독교인의 신앙과 연결되어 기독교 유럽에서는 늘 의심의 대상이었다. "피비린내 나는 메리Bloody Mary"인 메리 1세가 프로테스탄트들을, 엘리자베스 1세가 가톨릭 신자들을 악마의 대리인이라는 마녀재판으로 몰아 불에 태우면서, 고양이 역시 대영제국에서 같은 운명을 피할 수 없었다. 예로부터 고양이들의 다산성에 대한 상징은

음란한 것으로 간주되었지만(암고양이는 특히 음탕한 것으로) 진짜 문제는 고양이의 오만함이었다. 고양이는 1787년 브리태니커 백과사전에서 밝힌 것처럼 "선천적으로 악의"를 가진 "유용하지만 기만적인 가축"으로 인간에게 인식되었다.

고양이가 자의식 강한 이상적인 친구로 다가온 것은 얼마 되지 않은 일이다. 아방가르드에게 그들의 초연함은 자기 성찰적으로 보였고, 스핑크스와도 같은 조용하고 헤아리기 어려운 표정은 상징주의자들의 해석학적인 의미나 다름없었다. 고양이는 야행성이고 은둔하는 것을 좋아하여 많은 사람들에게 몽상을 주었다. 그들은 타고난 멋쟁이에다 늘 몸단장에 신경을 쓰며 의기양양했다. 속물이라기보다는 탐미주의자였다. 오리엔탈리즘의 화신으로서 그들은(아비시니안과 블루페르시안과 같은 품종은 19세기 후반에 유럽의 가정으로 들어갔다) 이국적이거나 고급스러움을 연상시켰다. 자유로움에 대한 고양이의 명성은 보헤미안들과 예술가들에 의해 반부르주아적인 것으로서(마네의 '올랭피아'에서 꼬리를 치켜들고 있는 한 작은 검은 고양이는 매춘부와 흑인 하녀와 더불어 에로틱한 그림을 완성했다) 옹호되었다. 퇴폐주의자들은 특히 고양잇과를 좋아했다. 예를 들어, 본문에서도 나

오는 영국의 시인 겸 평론가인 앨저넌 스윈번Algernon Charles
Swinburne은 그의 고양이의 위풍당당한 태도에서 "더 고결한
정신의 친구"라고 인정했다. 그들은 아르데코 시대의 사랑이
되었다. 애완동물로서 그들은 주인들의 열정을 공유했다. 그
리고 마침내 독립적인 성격으로 인해 비방을 받기보다는 오
히려 그 가치를 더욱 높이 평가받게 되었다.

　　고양이가 근대적이었다면, 과거에 특히 영국에서는 개가
근대적이었다. 개는 고양이와 달리 빅토리아 시대의 사람들
에게 최고의 애완동물이었으며 주인과의 애착이 깊었다. 18
세기 후반부터 감정을 가진 피조물로서의 동물을 향한 새로
운 자애심과 그들의 고통에 대한 동정심은 개에게로 향했다.
감정은 동물과 인간 사이의 친화력을 만들어냈으며, 이전에
는 그들 사이의 차이였던 '이성의 결여'가 이제는 덜 중요하
게 되었다. 프랑스의 철학자이자 박물학자인 뷔퐁Buffon은『
자연사』(1762)에서 "동물의 완성"은 "정서의 완성"에 달려있
다고 하면서 개의 "내적 자질"이 인간의 그것과 가장 유사하
다고 지적했다. 특히 밤거리에서 고양이들이 내는 소리가 악
마의 소리라고 여겨진 데 반해 개들이 컹컹 짖는 소리는 교
감으로 받아들여졌다. 그들은 보호자에게 반응하고, 부재를

애타게 그리워하며, 귀환을 환영하고, 낯선 사람들에게 으르
렁거리며 심지어 죽음을 애도한다. 단지—젊은 바이런이 자
신의 뉴펀들랜드종 개인 '단 하나의 친구' 보우선Boatswain 묘
비명에서 주장했듯이—인간의 미덕에 대한 상징일 뿐만 아
니라 개들의 뛰어난 감성은 시의 소재로 적합한 것이었다.

비록 이러한 새로운 형태의 의인화된 동물은 더욱 회의
적이거나 세속적인 사고방식이라는 증거였지만, 그럼에도 불
구하고 신뢰와 양립할 수 있었다. 사랑하는 개는 시인 워즈
워스Wordsworth가 1805년 '정절'에서 쓴 것처럼, 사랑하는 신
의 "감정의 강도"의 전형적인 예가 되면서 인간의 기대치를
훨씬 능가했다. 개들은 유대관계로 묶여 있다는 것, 그것이
요점이었다. 그들은 단단한 애정에 기반을 두었다. 그들은 자
기중심성을 제한했고, 점점 더 물질적인 문화 속에서, 타자
들을 우선적으로 고려해야 하는 우리의 사회적이고 개인적
인 유대관계에 대한 성찰을 촉발시켰다.

대부분의 근대문학 속에서 개들에 관한 이야기는 박애
주의에 영향을 미쳤다. 개들은 이타주의자들에게 이상적인
부양가족이었다. 말 못하는 동물로서, 빅토리아 시대의 회화
와 운문이 초점을 맞추는 개들의 시선에서 볼 수 있듯이, 그

들은 항상 말하는 모습이었다. 극도로 비참한 순간에도 개
는 늘 이상적인 희생자, 언제나 도움을 청할 수 있는 존재, 그
러면서도 어떤 불만도 제기하지 않는 존재로 그려졌다. 애완
동물 복지가 어린이들에게 촉구되었으며, 아동문학의 필수
품인 동물 이야기는 어린이들에게 개들을 약자들과 동일시
시키고 그들의 이타심을 배우라고 가르쳤다. 애나 슈얼Anna
Sewell이 쓴 『블랙 뷰티Black Beauty』(1877)는 말이 자기 일생을
이야기하는 형식으로 된 동물 전기로, 갈 곳 없는 동물과 상
처 입은 피조물들이 마침내 인간사회에서 사랑스럽게 길들
여질 때까지 잔인한 취급을 견뎌내야 한다는 '동물의 진정
한 삶'에 대한 패턴을 설정했다.

　　다양한 형태와 크기의 개들이 나왔다. 일상생활에 적합한
개도 나왔고, 공적으로든 사적으로든, 사육자들에 의해 개들
의 서열과 지위가 정해졌다. 순전히 즐거움을 위해 개를 소유
하고 다른 사람들에게 과시하는 것은 빅토리아 시대의 국민
적인 여가활동 같은 것이었다. 1890년에 열린 영국의 크리스
털 팰리스 쇼(일명 '개쇼')에는 1,700개의 다양한 개들이 선보
였다. 말을 길들이는 것을 상기시키는 일명 '개 조련'이 '개 훈
련'에 자리를 내주었고, 도시 생활에 맞게 길들여졌으며, 목걸

이와 목줄의 도입으로 더 다루기 쉬워져 '산책'의 일상화가 이루어졌다. 전문가들의 조언에 따라 개들의 성격과 특색은 소유자들을 향한 유순한 행동과 복종으로 바뀌었다. 인간의 요구에 알맞은 개만을 위한 특화된 개밥들이 나왔으며, 이것들은 곧 가정용 식료품점 목록에 추가되었다. 이제 개들은 더 이상 남자의 가장 친한 사냥 친구이거나 귀부인의 장난감이 아니라 가족의 일원이 되었다. 만약 개들이 결코 성장하지 않는 어린아이들이라면, 그들은 또한 언제나 어려서 죽었을 것이다.

***

『플러쉬』는 '빅토리아조풍'의 역사적 사실에 기반한 것이다. 물질적인 잡동사니들뿐만이 아니라 정서적으로도 지나친 장식으로 인해 어수선해 보이는 방 속에 갇힌 병약한 여주인과 플러쉬는 그 시대에 속한다. 울프는 어쩌면 그녀 자신을 포함하여, 오래된 가족의 형태와 느낌을 반영하고 싶었는지도 모르겠다. 빅토리아 시대의 가정과 사회적 삶의 한가운데에 개를 핵심으로 어쩌면 의존성과 독립성에 대해 더 직접적으로, 그렇지만 유머러스하게 글을 쓰고 싶었을 수도 있다.

『플러쉬』가 출간되었을 때, 페미니스트 평론가인 레베카 웨스트Rebecca West와 로즈 매콜리Rose Macaulay는 코커스패니얼과 엘리자베스 바렛 사이의 유사점을 즉각적으로 끌어내었고, 그의 이야기를 그녀의 심리학적 전기로 보았다. 그녀 역시 그와 마찬가지로 갇혀있는 상태에서 보살핌을 받아야 하는, 타자의 의지에 늘 복종해야 하는 존재이기 때문이다. 어머니와 두 형제의 죽음에도 거의 눈물을 흘리지 않았던 엘리자베스 바렛이 마침내 자신의 감정을 드러내게 된 것은 플러쉬의 납치사건을 통해서였다고 한다. 19세기에 상류계급의 애완용 개를 훔치는 일은 수익성 있는 사업이었고, 개도둑들은 개 한 마리의 몸값으로 몇 년간의 임금을 벌어들일 수 있었다. 플러쉬도 예외는 아니었다. 실제로 그는 평생 세 번이나 납치당했다. 이 기간 동안, 바렛의 개에 대한 애정은 점점 더 깊어져 그녀는 "그들이 거래하는 것은 개가 아니라 감정이다. 끔찍한 사람들!"이라 외쳤다. 어쨌든, 실제로 아버지와 형제들의 반대에도 불구하고 직접 플러쉬를 구하기로 작정함으로써, 그녀는 아버지의 권위에 저항하며 "나의 절망이 복종심을 이기"기에 이른다. 그리하여 소심하고 병약했던 어린 여자가 점차 독립적인 여성으로 변하는 과정을 통해 울프는 빅토리아 시대의 여성성과 문학적 과잉으로 과장된 당시의 온실 속 삶의 결과물인 '여류시인'과 거리를 두고 싶어했다. "브라우닝 부인은 스스로를 통제할 수도, 숨길 수도 없었다." 그녀는 『플러쉬』작업에 착수하기 직전에 『오로라 리』에서 신랄하게 꼬집었다.

　　그러나 『플러쉬』는 개의 이야기이고, 인간과 동물의 서로 간의 애착이라는 오래된 이야기이자 성공적인 분리라는 근대적 이야기, 불안한 정서주의와의 관계를 끊고 새로운 확장성을 얻는다는 이야기다. 개과 동물의 근대주의자인 플러쉬는 자신의 주체성을 찾기 위해 자유로워진다. 하지만 그전에 먼저 개도둑들의 소굴인 화이트채플에 남겨진 채 붕괴를 경험해야만 한다. 이탈리아에서 그는 포장된 도로의 냄새를 킁킁거리고 감각적인 맛을 음미하는 민감한 외톨이가 되면서, 그의 혈통의 족쇄를 섞어버린다.(그의 이야기의 대부분은 품종에 대한 영국인의 강박관념을 풍자한다.) 수동적인 애완동물로서의 존재가 아니라 개과의 본능과 공격성마저 초월해 소유욕에 대한 구속 없이 닥치는 대로 욕망을 즐기기 위해서다. 그리고 플러쉬는 가장 개 같지 않은 지위에서 자신의 짝들을 "품는다." 궁극적으로 그는 울프의 양성성에 대한 개념과 마찬가지로 인간의 섹슈얼리티와 남성과 여성의 끊임없는 양극성을 초월하려는 육체적 해방의 판타지인 "아무것도 아닌 존재"가 된다.

문학적 경계를 가로지르는 울프의 작가적 욕망은 예술적 정체성과 목적을 부추기는 연속성의 붕괴, 통제와 규정의 상실, 문학적 혼종과도 같은 강력한 두려움을 불러일으킨다. 익살스러운 방식으로 『플러쉬』는 모더니즘의 문화 정치에 대한 토론을 촉발한다. 즉, 과거 형태로부터의 근본적 자유와 그것의 저항, 때로는 문화적 혼종에 대한 보수적인 반응 사이의 긴장관계를 끌어내는 것이다. 소설의 끝에서, 플러쉬는 플로렌스의 시장에서 다채로운 빛깔을 가진 잡종개들을 만나지만, 그들 중 하나가 되지는 않는다. 대신 그는 죽기 위해 집으로 돌아오기 전에, 과거의 것들에 대한 기억으로 그들을 즐겁게 해준다.

엘리자베스 바렛은 자신과 축 늘어진 귀를 가진 스패니얼 사이의 유사성을 즐기고 플러쉬의 활기찬 동물성을 자신의 감성만큼이나 존중했기 때문에, 소네트 중 하나에서 플러쉬를 그리스 신화의 숲의 신인 '판Pan'으로 칭송했을 것이다. 이처럼 애완동물은 작가들로 하여금 자신이 지닌 형태를 바

꾸도록 하는 존재이므로 오랫동안 작가들의 사랑을 받아왔
다. 다른 동물들과의 다른 형태를 통한 인간 동일시의 역사
는 육체적 변형에 대한 욕망의 역사이며, 다른 가능성과 한
계를 가진 또 다른 육체에 대한 소망이기도 하다.

*⁣**

우리는 우리의 반려동물들이 무슨 생각을 하는지 알고 싶어
한다. 구글에서 "개에 대해 이해하기"식으로 검색하면 약 5천
만 건의 조회수가 발생한다. 사람들은 자신의 개가 분명히 무
슨 말을 하고 있다고 믿는다. 그러나 개는 결코 아무 말도 하
지 않는다. 그렇듯 개와 우리 사이의 넘을 수 없는 거대한 장
벽은 존재하고, 때문에 개 심리학 산업은 호황을 누리고 있다.
　그렇지만 아직도 개가 주인공인 책은 문학으로서 결코
진지하게 받아들여지지 않고 있다. 잭 런던이 쓴『야성의 부
름』만 해도 굉장히 어둡고 폭력적인 책으로 그의 작품 중에
서 최고 중 하나지만, 초등학생 용으로 받아들여지고 있다.
물론 열한 살 먹은 아이들에게 그것은 정말로 굉장한 책이다.
『야성의 부름』을 통해 보았을 때, 사람들은 동물에 관한 이야

기가 아이들을 위해 쓰여진 게 틀림없다고 생각하는 경향이
있다. 대부분의 아이들에게 동물에 관한 이야기만큼 공감과
상상력을 자극하는 것도 없다는 것은 맞는 말이다. 어쩌면
이것은 동물의 관점이 기본적으로 어린아이와 더 가깝기 때
문일 수 있다. 또는 동물은 아이들보다 더 힘이 없는 유일한
피조물이기 때문일 수도 있고, 어쩌면 우리가 언어가 아닌 상
징적인 행동을 통해 동물을 알기 때문일 수도 있으며, 언어
는 아이들의 생각과 느낌을 전하기에는 여전히 개처럼 너무
불안정하고 불확실하기 때문일 수도 있다. 물론 다 자란 성
인들 역시 굉장히 자주 말의 불충분함에 시달리기는 하지만.

　나는 어느 날 우리 집에 제 발로 기어들어 온 더러운 행
색의 고양이가 온 집안을 헤집고 다니며 새로 산 소파를 잘
근잘근 맛있게 물어뜯고 곡예사처럼 몸을 날리는 것을 보면
서 어떤 면에서는 갑자기 남편을 갖는 것과 크게 다르지 않
다는 것을 알았다. 왜냐하면 남편도 어느 날 갑자기 남편이
기 때문이다.

　엘리자베스 바렛과 플러쉬의 유사성에도 불구하고, 서
로를 이해함에 있어서 "넘을 수 없는 차원의 거대한 장벽"은
필연적으로 두 피조물을 분리시킨다. 울프는 "가끔 그들은

완전히 당혹해서 서로를 쳐다보며 누워있곤 했다"고 쓴다. 그들은 서로에게 가장 자연스러운 방식으로 소통할 수 없다. 그러나 나는 바렛과 플러쉬가 종종 서로를 대하는 "완전한 당혹감"이 인간관계에서 역시 빈번히 느껴질 것이라고 생각한다. 예를 들어, 내 남편이 하는 행동이나 말이 얼마나 자주 나를 멈추고, 쳐다보고, 놀라게 하는가. 이럴 때면, "넌 진짜 누구니?"라고 묻지 않을 수 없다. 거의 대부분의 남편들이라는 존재가 특별히 신비롭거나 복잡한 생물은 아니다. 집에서 소파 저 끝에 있는 그를 보라. 그는 지금 책을 읽고 있다. 이제 그는 얼굴을 들어 그의 이마 앞에 몇 센티 떨어져 있는 텅 빈 공간을 잠시 쳐다본다. 그리고는 천천히 두 손가락으로 뺨을 긁는다. 무슨 생각을 하고 있냐고 묻는다면 그는 아마 "별거 아냐"라고 말할 것이다. 물론 진실을 말할 수도 있다. 그의 머릿속에서 진정으로 일어나고 있는 것, 그의 의식 속에 머물러 있는 것처럼 느껴지는 것, 그것은 둘의 사이가 얼마나 가까우냐에 상관없이, 또는 그가 나에게 자신에게 벌어지고 있는 일을 설명하려고 아무리 많은 말을 사용하고 있더라도 상관없이, 당신은 결코 알 수 없을 것이다.

이것이 『플러쉬』를 이끌어가는 가장 중요한 긴장이다.

서로를 잘 이해하거나 알 수 없을지라도, 바렛 아가씨와 플
러쉬는 깊은 유대를 나눈다. 그러나 자기 자신에 대해 아는
것과 마찬가지로, 다른 존재에 대해 안다는 것은 무엇을 의
미하는가? 울프는 개와 여주인을 분리하는 가장 중요한 요
인으로 "그들이 말로 의사소통을 할 수 없다"는 사실을 인식
한다. 그렇지만 그럴지라도 그녀는 의아해한다. "하지만 그게
특유한 친밀감으로 이끌지 않았던가?" 결국, "말이 모든 것
을 말할까? 말이 어떤 것을 말할 수나 있을까? 말은 말이 전
할 수 있는 범위를 넘어선 상징적인 것을 파괴하지 않는가?"
울프는 이러한 질문에 직접적으로 대답하지 않는다. 그러나
이야기가 진행되면서 바렛은 점차 개와 같이 되어 가고 플러
쉬는 점차 인간과 같이 되어 가면서 서로 더 가까워진다. 플
러쉬는 사랑하는 여주인의 발치에 자리를 잡는 특권과 즐거
움에 대한 대가로 "자신의 가장 격렬한 자연적인 본능을 포
기하고, 통제하고, 억누르는 법"을 터득하게 되고, 바렛은 플
러쉬의 존재를 통해 자연세계에 더 가까워지기 시작한다. 어
느 날 오후에 꾼 털북숭이 "판"에 관한 백일몽이 그 예다. 더
이상 침상에 갇힌 병자가 아닌 그녀와 판은 아르카디아 숲
에서 자유가 된다. 울프는 이러한 상상의 비약을 스스로 만

들어내지는 않았다. 그것은 그녀를 무척이나 매혹시킨 브라우닝의 편지 중 하나에서 건져 올린 것이었다. 바렛의 환상은 우리들의 동물에 대한 추종, 특히 개에 대한 추종을 조명한다. 그들은 우리와 함께 살고 있지만, 항상 행복한 목동의 전설적인 땅인 아르카디아에 속해있는 것처럼 보인다. 그들의 삶은 단순하며 복잡하지 않은 것처럼 보인다. 개의 숨김 없고, 육체적인 존재는 특히 육체가 없는 언어의 영역에서 대부분의 시간을 보내는 작가에게는 얼마나 매력적으로 보일까. 게다가 육체가 병으로 인해 고통을 받고 있는 작가에게라면⋯⋯. 엘리자베스 바렛과 버지니아 울프가 그렇듯⋯⋯.

   궁극적으로, 아픈 방에서 바렛을 꺼내 삶의 한가운데로 데려온 것은 '짐승'이 아니라 사람이었다. 엘리자베스 바렛과 로버트 브라우닝은 비밀리에 연애하고 결혼했다. 바렛이 그녀의 아버지의 반대를 두려워했기 때문이었는데, 둘의 결혼 사실에 대해 알게 된 아버지는 그 즉시 바렛을 폐적했다고 한다. 윔폴가의 문명화된 억압에서 플로렌스의 무차별한 즐거움 속으로 탈출한 브라우닝 부인이 포도밭과 올리브 나무 사이에서 스스로 자유를 찾았다면, 플러쉬는 플로렌스의 거리와 여러 잡종개들 사이에서 소위 '진짜 개'라고 불리는 것이 되어 간다. 그것은 뼛속까지 햇빛과 신선한 공기가 불어 넣는 행복이다. 그것은 마치 우리의 개들이 해변을 뛰어다니고 잔디밭을 가로지르며 공중으로 뛰어오르는 것을 상상하는 것과 같은 즐거움의 일종이다.

***

『플러쉬』의 발간일이 가까워짐에 따라 울프의 불안감은 더욱 깊어졌다. 그녀는 이제 이 책이 실패하는 것에 대해 걱정했을 뿐만 아니라, 성공하는 것도 두려워했다. "나는 『플러쉬』가 대중적으로 성공하는 것이 무척 싫다"라고 말했을 정도였다. "매력적이고, 섬세하고, 여성스러운" 책으로 호평을 받는 것이 무서웠던 것이다. "나는 단순히 수다스러운 여류 작가가 아니다." 그녀는 책이 나오기 며칠 전 일기에 강조했다. "우선 첫째로, 그것은 사실이 아니다." 아마도 그녀는 진지한 비평가이자 학자인 그녀의 아버지에 대해 생각했을 것이다. 그라면 이 프로젝트를 어떻게 판단했을까?

그렇다면 『플러쉬』는 저자가 두려워하는 바보 같은 책인가? 확실히 이 책은 장난스럽고 재미있고 특히 플러쉬의 성격이 드러나는 과정이라든가 연적인 로버트 브라우닝을 질투하는 장면 같은 경우는 눈을 뗄 수 없을 정도로, 그래, 한마디로 말해 '매력적'이다. 울프가 자신의 다른 작품들과 비교했을 때 "약간"이라고 한 것은 맞는 말이었다. 이전에 낸 소설인 『밤과 낮』(1919)이 아찔할 정도의 야망을 가지고 썼다면, 그 야망이란 것이 부족한 것은 사실이다. 『밤과 낮』에서 그녀는 "현재의 사회 전체를 포착하는 것을 목표로 삼았다. …… 간단히 말해, 내가 알고, 느끼고, 웃고, 경멸하고, 좋아하고, 존경하고, 미워하는 등등의 모든 것을 간추리고 싶었다"고 한다. 그럼에도 여전히 『플러쉬』는 코커스패니얼 이상에 관한 것이다. 작가는 공감과 상상력을 통해 다른 누군가의 살(또는 털) 안에 사는 것이 어떤 것인지 알려주려고 한다. 독자로서 우리 역시 타인의 의식에 상상력의 도약을 한다. 이런 식의 이야기의 친밀감을 통해서 우리가 같은 시대, 같은 국가, 같은 계급, 같은 성 또는 심지어 같은 종에 속해 있든 없든 관계없이 필연적으로 우리를 서로 분리시키는 이해의 격차에 가교를 마련하게 되는 것이다.

『플러쉬』가 어떻게 받아들여지는지에 대한 울프의 예측은 맞지 않았다. 이 책은 발행되자마자 처음 6개월 동안 약

19,000부를 판매하면서 그때까지 발표한 그녀의 작품 중 최고 베스트셀러가 되었지만, 일명 전문가라 부르는 그룹들, 즉 학계와 비평계에서 외면당하고 학부 과정에서 역시 거의 언급되지 않고 거의 무시당하며 잊혀진 책이 되었다—개들이 그들의 시절을 경험하는 방식과 비슷하게.

그러나 『플러쉬』에 대한 고상한 무시에도 불구하고, 이 책이 실패했다거나 감상적이라고 단정해서는 안 된다. 바스크 설화, 튜더가와 스튜어트가의 흥망성쇠, 카르타고인들의 전설을 통해 스패니얼의 혈통에 대해 전하면서 애견협회의 품종 기준과 같이 자의적이고 우스꽝스러운 기준으로 인해 귀족이라는 생득권을 얻게 되는 것이라든가, 윔폴가의 문명과 대조되는 화이트채플의 빈민굴, 영국의 숨 막힐듯한 사회적 억압의 압제로부터 벗어나 이탈리아에서 자유로운 존재로 변모하는 과정 등을 통해 울프는 사회와 시대를 그려낸다. 그 중에서 특히 혈통 좋은 품종을 자랑하는 (그래서 자유의 대가와 맞바꾼) 코커스패니얼의 삶에서 예기치 않은 납치 사건은 이제 다른 이야기, 즉 빅토리아 시대의 계급 구조와 성에 대해 생각할 여지를 만든다. 무엇보다도 엘리자베스 바렛은 빅토리아 시대의 여성의 신성한 의무, 즉 인도되고 묵인하는 것에 반기를 든다. "저는 나약한 여자, 법과 정의에 대해서는 아무것도 모르는 여자"로 쿠션에 파묻혀 한숨만 쉬고 있다면 모든 게 얼마나 수월할까, 라는 탄식은 이제 그녀가 맞닥뜨릴 또 다른 세계, 그녀의 문 바깥에 존재하는 사회적 대조를 통해 새로운 인식을 얻게 된다는 것을 예고하는데, 그 과정에서 민낯을 드러내는 악랄한 범죄자들, 거지들, 매춘 여성들로 채워진 화이트채플—"바렛 아가씨가 본 적도 없고, 짐작도 하지 못했던 세계"—은 마치 찰스 디킨스의 소설을 떠올리게 한다. 수전 스콰이어Susan Squier에 의하면, 화이트채플 에피소드는 유혹의 장이다. 바렛은 상대 남성의 인정을 받는 것과 플러쉬를 구하는 것 사이에서 선택을 강요받는데, 그것은 또한 상징적으로, 두 도덕성의 체계, 즉 남성적이고 비인격적인 것과 여성적이고 인격적인 것 사이에서 선택을 요구받는 것이다. 여기서 그녀가 플러쉬를 선택했다는 것은 정치적으로도 큰 의미가 있다. 가부장제 사회에서 여성은 그들의 주인들에게 소속되어 있을 때에만 가치가 있다는 것, 즉 플러쉬의 가치는 여성의 가치라는 것을 대변하기 때문이다.

***

독자들이여, 전문가들은 잊어라. 『플러쉬』는 개뿐 아니라 버
지니아 울프를 좋아하는 독자를 위한 오후의 크나큰 즐거움
이다. 재치 있고 기발하며, 다 읽은 후에는 플러쉬가 플로렌
스의 거리를 거닐며 킁킁거렸듯, 우리 또한 이 책에 대고 플
러쉬의 '꼬순' 발 냄새를 맡으려고 코를 킁킁거릴지도 모를
일이다. 울프의 문학적 약자underdog인 이 책은 개에 관한 책
중에서 고전 중 고전일 뿐 아니라, 소설을 접했을 때 우리도
모르게 몹시도 위협적이라 느껴지는 버지니아 울프와의 거
리감을 없애는 데 완벽한 작품이다. 또한 소설가의 특권인
인간 경험의 숨겨진 구석뿐만 아니라, 집단적 속물근성, 인
간의 약점, 사회적 계급화에 대해 그 어떤 작품보다 진지하
게 조명할 수 있을 것이다.

　새로운 혼성과학인 인류동물학에 따르면, 애완동물이라
는 개념은 이미 시대에 뒤떨어진 것이다. 오늘날의 고양이와
개는 '반려동물'이며 우리는 주인이나 소유자가 아니라 그저
'보호자'이다. 집 바깥에 존재하는 다른 동물들은 '야생'이 아
니라 '자유롭게 사는' 동물들이다. 그들은 우리들에게 죄책감
과 동정심뿐만 아니라, 아주 재미있고 대단히 놀라우며, 심
지어는 부러운 마음마저 불러일으키기도 한다. 그들의 의존

성은 우리들 황량한 인간의 유아론唯我論에 맞서 우리를 보호하지만, 그들의 무관심은 우리가 응원해야 하는 최소한의 것이다. 우리가 여전히 털 달린 친구를 필요로 한다면, 우리는 그들의 동물적 영혼을 살아있게 해야 한다.

_ 2017년 봄날, 지은현

*이 글은 Virginia Woolf, 『The Diary of Virginia Woolf』, Vol. I. Ed. Anne Olivier Bell. New York: Harcourt, 1977,

Susan Squier, 『Virginia Woolf and London: The Sexual Politics of the City』, The University of North Carolina Press, 1985,

Virginia Woolf, 『The Letters of Virginia Woolf』. Vol. 5: 1932-1935. Ed. Nigel Nicolson, and Joanne Trautmann. San Diego: Harcourt Brace Jovanovich, 1979,

Margaret Forster, 『Elizabeth Barrett Browning』, Doubleday, 1989,

John Chamberlain, http://www.nytimes.com/books/00/12/17/specials/woolf-flush.html,

http://skemman.is/stream/get/1946/15052/35872/1/Sigurlaug.pdf,

Alison Light, 『Mrs. Woolf and the Servants: An Intimate History of Domestic Life in Bloomsbury』, New York: Bloomsbury Press, 2008,

Justine Hankins, https://www.theguardian.com/books/2001/jul/14/fiction.virginiawoolf를 텍스트로 삼았다.

「이 도서의 국립중앙도서관 출판예정도서목록(CIP)은 서지정보유통지원시스템 홈페이지(http://seoji.nl.go.
kr)와 국가자료공동목록시스템(http://www.nl.go.kr/kolisnet)에서 이용하실 수 있습니다.(CIP제어번호:
CIP2017009232)」

플러쉬—어느 저명한 개의 전기

버지니아 울프
지은현 옮김

초판 1쇄 발행 _ 2017년 5월 22일

펴낸이 강경미 **| 펴낸곳** 꾸리에북스 **| 디자인** 앨리스

출판등록 2008년 8월 1일 제313-2008-000125호

주소 121-840 서울 마포구 합정동 성지길 36, 3층

전화 02-336-5032 **| 팩스** 02-336-5034

전자우편 courrierbook@naver.com

ISBN 978-89-94682-27-3 03840